GRANDS BRÛLÉS

Au Cœur des Flammes

J.H. CROIX

Chapitre Un

LEVI

« Où est Lucy ? » demandai-je.

Amelia Masters soupira.

« Je viens de te le dire. En haut... »

Ses mots furent coupés par une autre voix.

« Oh pour l'amour de Dieu, je suis coincée ici. »

Je levai les yeux pour voir quelques cheveux blond brillant dépasser du coin du toit.

« Lucy est là-haut ? demanda Cade Masters par-dessus mon épaule alors qu'il s'approchait de nous.

— Oui ! Je suis ici. Pourquoi c'est si difficile à comprendre ? » appela Lucy d'en haut.

Je me retournai vers Amelia. Lucy Caldwell était sa meilleure amie, et elles possédaient et géraient *Kick A** Construction* ensemble. Nous étions sur l'un de leurs chantiers en cours où elles construisaient une nouvelle maison.

Cade et moi étions des pompiers hotshot, une unité spéciale des services forestiers, à Willow Brook, en Alaska, et nous nous étions portés volontaires pour aider lorsqu'Amelia, la femme de Cade, avait appelé. Il était clair pourquoi elle avait appelé Cade directement, plutôt que la caserne. Lucy avait l'air énervée. Connaissant Lucy, je me disais qu'elle était sans doute plus qu'agacée d'avoir besoin d'aide. Elle n'aurait certainement pas apprécié qu'une équipe entière se présente pour s'occuper d'elle.

« Tu veux nous expliquer ? déclara Cade sèchement.

— On pose des poutres de toit pour le plafond en voûte. Lucy s'est retrouvée coincée là-haut quand une des poutres est tombée et a cassé l'échelle en deux. »

Amelia s'arrêta, le regard inquiet.

« Je crois qu'elle est blessée aussi parce que la poutre a fait rebondir une planche en tombant, et elle se l'est prise. Mais tu connais Lucy, elle m'a dit de me taire et d'arrêter de m'inquiéter.

— Donc c'est pour ça que tu nous as dit d'apporter une échelle, dit Cade, son regard s'éclaircissant.

— Ouais, pourquoi t'as amené la nacelle ? » demanda-t-elle en retour, jetant un coup d'œil à notre véhicule.

Cade et moi avions décidé collectivement qu'il serait préférable de conduire le gros camion avec le bras extensible et la nacelle au cas où ce serait utile.

« Au cas où Lucy serait blessée, lançai-je. On s'est dit qu'il valait mieux avoir ça que d'essayer de la porter sur une échelle. Tout ce que tu nous as dit, c'est que Lucy avait besoin d'aide pour descendre de l'écha-faudage.

— De quoi vous parlez les gars bon sang ? » hurla Lucy de son perchoir.

Je contournai le coin de la maison partiellement construite et levai les yeux. Lucy était perchée au sommet d'un échafaudage, ses cheveux blonds se déta-chant sur le ciel bleu au-dessus.

« Ça va ? l'appelai-je.

— Ça ira mieux quand l'un de vous me descendra de là », répondit Lucy.

Même à deux étages au-dessus, elle arrivait à me renvoyer qu'elle ne voulait pas que je l'approche. De là où je me tenais, je pouvais la voir bercer son bras. Je doutais qu'elle avoue être blessée, alors je ne commentai pas. Un fil d'inquiétude se tissa en moi. Je n'aimais pas penser qu'elle souffrait. Pas du tout.

« On arrive », lançai-je.

Je me retournai vers Cade.

« Allez. Mieux vaut utiliser la nacelle qu'une échelle. »

En peu de temps, Cade me montait vers le toit dans la nacelle. Une minute plus tard, j'étais au même niveau que Lucy.

Au moment où elle me vit, ses yeux se plissèrent et ses lèvres se serrèrent. Ce que je disais plus tôt sur le fait que Lucy n'apprécie l'aide de personne ? Eh bien, elle n'était *pas* contente.

Même avec ses cheveux blonds en désordre, sa peau rougie et maculée de saleté, et son jean épais et t-shirt ample, elle était magnifique.

« Hey Lucy », dis-je, mes yeux se dirigeant vers son bras.

Elle s'était assise sur les planches en haut de l'écha-faudage et s'était lentement redressée, tressaillant légèrement lorsque son bras heurta l'une des barres métalliques de l'échafaudage.

« Comment va ton bras ? » demandai-je.

Les grands yeux bleus de Lucy se tournèrent vers moi.

« Ça va », lança-t-elle.

Je ravalai une réplique piquante. Normalement, j'aimais taquiner Lucy. En fait, plus elle s'énervait, plus ça m'amusait d'insister. Il y a peu, j'avais essayé de la faire sortir avec moi, mais elle n'avait même pas daigné aller dîner avec moi, alors j'avais laissé tomber. Ça n'avait pas changé le fait que je la voulais. Mais je n'y pensais pas maintenant. Ce n'était pas le moment. Il était évident qu'elle souffrait. Elle avait le droit d'être aussi grincheuse qu'elle le voulait. Je voulais juste la faire sortir d'ici en toute sécurité et prendre soin de son bras.

« Rapproche-moi un peu plus », criai-je à Cade, en regardant les planches sous les pieds de Lucy et en évaluant s'il était préférable de la soulever d'ici ou de sortir de la nacelle.

Cade ajusta soigneusement la nacelle, l'amenant au ras du bord de l'échafaudage.

« Parfait », lui criai-je.

Je regardai Lucy.

« Et si... »

Elle s'avança sur le côté de la nacelle et commença à grimper par elle-même.

« Hé, doucement ! dis-je rapidement. Laisse-moi... »

À la seconde où j'ouvris la bouche, elle perdit l'équilibre et, par réflexe, attrapa l'échafaudage avec son bras blessé. Elle poussa un cri et fit une embardée, tombant du côté de l'échafaudage. En un éclair, je l'attrapai par son autre bras.

Pendant quelques secondes, l'expression presque impénétrable de son visage qui voulait toujours me repousser disparut. Ses yeux bleu ciel étaient écarquillés de peur. J'étais peut-être calme – parce que rester calme dans n'importe quel type d'urgence était ce que des années de formation et de travail m'avaient appris – mais mon cœur était serré et l'inquiétude rugissait en moi.

« Je te tiens Lucy », dis-je calmement.

C'était vrai. J'avais une prise ferme sur son bras. Elle n'était pas lourde. Du tout. Son attitude la faisait paraître plus grande. Elle était silencieuse, ses yeux rivés sur mon visage, avant de hocher brusquement la tête.

Maintenant le regard de Lucy, j'ajustai ma position et me penchai lentement, plaçant mon autre main sous son aisselle. Je la soulevai et la posai dans la nacelle dans un mouvement rapide. Je la berçai contre moi quand je l'eus tirée complètement sur le côté. Une fois que j'étais certain qu'elle était en sécurité, je pris une lente inspiration et lui jetai un coup d'œil.

« Tu vas bien ? »

Ses yeux se détournèrent et elle regarda l'échafaudage et se tourna vers moi.

« Je crois que je devrais te remercier », dit-elle, avec un soupçon de réticence.

Seule Lucy pouvait être agacée que je l'ai sauvée d'une chute de deux étages qui l'aurait peut-être tuée.

« Pas besoin de me remercier. C'est mon travail », répondis-je avec un clin d'œil.

Ses yeux se plissèrent. Je ne savais pas ce que c'était chez elle, mais bon sang, elle me tuait. Ça n'avait aucune importance qu'elle ait failli mourir une minute plus tôt. Maintenant qu'elle était en totale sécurité, je ne pouvais m'empêcher de la draguer et de l'embêter. Elle secoua ses jambes, ses pieds cognant contre ma cuisse.

« D'accord, tu peux me poser maintenant. Considère-moi sauvée », dit-elle avec un petit rire.

J'hésitai. C'était le moment le plus intime que nous ayons jamais partagé, et je ne voulais pas l'abandonner pour l'instant. Elle me donna un autre coup de pied.

« Sérieusement Levi, tu peux me poser », insista-t-elle, le ton agité.

Je la posai à contrecœur, en prenant soin de ne pas toucher son bras qui était manifestement blessé, qu'elle l'admette ou non. Une fois qu'elle fut sur ses pieds, je la regardai en reculant.

« C'est stupide de mentir. Comment va ton bras ? » demandai-je.

Amelia nous appela à ce moment-là.

« Est-ce que Lucy va bien ? »

Lucy soupira et leva les yeux au ciel.

« Oh mon Dieu. Je peux parler, tu sais. Je vais bien !

— Ça va, ne t'énerve pas contre moi ! rétorqua Amelia. Tu as failli tomber de haut là. On commence à s'inquiéter. »

Je me penchai sur le côté.

« Elle est saine et sauve, annonçai-je en faisant un signe à Amelia. Cade, tu nous redescends ? »

Je me retournai vers Lucy. La nacelle se balança légèrement quand Cade commença à nous abaisser.

« Alors ? Ton bras ? »

Elle rencontra mes yeux avec un soupir élaboré.

« Je pense que je l'ai peut-être cassé. »

Pendant un instant, j'oubliai que c'était Lucy, la définition vivante de la susceptibilité. Je m'approchai d'elle et glissai mes mains le long de son bras, le dépliant avec précaution. J'y allais par réflexe. En tant que pompier hotshot, j'avais été formé pour gérer tout et n'importe quoi, y compris les urgences médicales, de mineures à majeures. Alors que je passais mes mains le long de son avant-bras, je ne sentis pas de fracture, mais le bras gonflait déjà. Elle était si petite. Elle m'arrivait à peine au menton. Je pourrais enrouler une main autour de son poignet sans aucun souci.

« Je ne sens pas de fracture, mais ça pourrait être juste une fissure ou de grosses ecchymoses. Ça gonfle le long de ton radius », murmurai-je, gardant mon toucher léger alors que je balayais la zone.

Quand je levai le regard, ses magnifiques yeux bleus étaient à quelques centimètres. Mon regard parcourut son visage, observant ses traits fins − la légère inclinaison de son nez, ses pommettes hautes, l'arc délicat de son front et ses lèvres roses pleines et en forme d'arc parfait, complétées par une fossette dans le centre de sa lèvre inférieure. La traînée de saleté sur sa joue était attachante, ne serait-ce que parce qu'elle n'était pas à sa place sur son visage.

Mon regard se posa sur le battement rapide de son pouls dans son cou. Ma bite se contracta, mon corps se tendit en réponse.

Je relevai les yeux. Ce n'était certainement pas le moment ou l'endroit pour s'exciter sur Lucy.

Je m'attendais à ce qu'elle me repousse, même s'il n'y avait pas beaucoup d'espace pour le faire. Pourtant, elle ne fit rien.

Sa bouche se tordit en un soupir.

« Eh bien, quoi que ce soit, ça fait mal. »

J'avais complètement perdu la trace de ce que j'avais dit pendant un moment. La sensation de son bras reposant dans mes mains me poussa à revenir à la réalité.

« Amelia a dit qu'elle pensait qu'une planche t'est rentrée dedans. »

Lucy hocha la tête.

« Oui, la poutre est tombée et a fait rebondir des planches. Ça m'a bien touchée en remontant. »

Elle tira légèrement sur son bras.

« Puis-je récupérer mon bras ? »

Je lâchai prise à contrecœur. Jusqu'à maintenant, Lucy avait été un défi que je voulais relever. Toujours prompte à discuter, toujours à me rejeter, souriant rarement... et belle, tellement belle, elle m'en coupait le souffle.

Idéalement, ou non, selon le point de vue, la nacelle dans laquelle nous étions secoua à nouveau alors que Cade l'amenait au sol, détournant mon attention de Lucy. Amelia se précipita, juste au moment où Lucy commençait à sortir.

« Est-ce que ça va ? Oh mon Dieu, je ne peux pas croire...

— Je vais bien. Tu vois pas que... »

Leurs mots se croisèrent. Pendant ce temps, j'enroulai ma main autour du bras non blessé de Lucy.

« Doucement. Sortons sans bouger la fracture. »

Lucy se tourna dans ma direction, ses yeux brillaient.

« Je... »

Amelia la coupa.

« Ne sois pas stupide. Laisse Levi t'aider », ordonna-t-elle.

Amelia était la seule femme que je connaisse qui était plus autoritaire que Lucy. En plus de cela, elle faisait près d'un mètre quatre-vingt-cinq et était une sacrée dure à cuire. Magnifique aussi avec des cheveux et des yeux ambrés, et une carrure de courbes sur longues jambes. Elle était comme une sœur pour moi. C'était une bonne chose parce que Cade tuerait probablement n'importe quel homme qui se prendrait d'affection pour elle.

Il avait dû descendre du camion car il s'était matérialisé aux côtés d'Amelia. Je ne laissai pas à Lucy plus de temps pour débattre de la façon dont elle descendrait de la nacelle. Je sortis rapidement et tendis la main, la soulevant contre moi.

Ses yeux entrèrent en collision avec les miens. L'espace d'un éclair, c'était comme si nous étions seuls.

Son corps emmitouflé dans mes bras, elle était chaude et détendue. La tentation de faire glisser ma langue sur la peau délicate de son cou était si forte que je dus serrer les dents.

La réalité s'imposa sous la forme d'une Amelia exigeant de savoir si le bras de Lucy allait bien. À contrecœur, je posai Lucy et je reculai.

« Il faut qu'on examine ton bras », dis-je, ma voix s'assombrissant.

Les yeux de Lucy se posèrent à nouveau sur les miens, l'air devenant lourd en un instant. Mon corps vrombissait en réponse à l'électricité qui claquait entre nous.

« Ok, annonça Amelia. Allons-y. »

Elle traîna pratiquement Lucy avec elle, lançant par-dessus son épaule à la dernière minute :

« Dis à ton père que je conduis aussi vite que je le veux jusqu'à l'hôpital. »

Cade gloussa, ses yeux croisant les miens.

« Seule Amelia pense qu'elle pourrait obtenir l'autorisation de conduire comme une folle.

— Eh bien, ton père *est* le chef de la police. »

On retourna au camion puis à la caserne. J'étais déstabilisé et dérangé de ne pas être celui qui emmenait Lucy à l'hôpital. Ce qui était complètement ridicule. J'avais peut-être un faible pour elle depuis trop longtemps, mais cette envie de la protéger, c'était quelque chose de différent.

Sur le chemin du retour, on reçut un appel pour un incendie à la périphérie de la ville. Voilà ce qui prendrait le reste de ma journée.

Chapitre Deux

LEVI

Des heures plus tard, vers une heure du matin, je me déshabillais à la caserne et prenais une douche chaude. J'étais le dernier de notre équipe à la station. Après la douche, je m'assurai que tout était fermé à l'arrière et j'étais sur le point de partir quand j'entendis une voix à la réception.

Je me dirigeai vers l'avant et trouvai Lucy assise dans la salle d'attente. Elle s'était manifestement douchée depuis que je l'avais vue il y a quelques heures. Ses cheveux blonds étaient humides et elle portait un t-shirt et un pantalon en coton évasé. Une attelle temporaire à son avant-bras.

Il était rare de voir Lucy dans autre chose que sa tenue de construction. Lucy ressemblait presque à une fée, mais c'était l'une des femmes les plus dures que je connaisse. J'avais un faible pour elle depuis qu'elle avait déménagé à Willow Brook juste après le lycée. Elle m'avait ignoré à ce moment-là, et elle m'ignorait encore plus maintenant. Ce matin, lorsque je l'avais aidée à descendre du toit, avait probablement été le plus long moment que j'avais passé seul avec elle.

Je poussai la porte de la salle d'attente.

« Hé Lucy, qu'est-ce qu'il se passe ? »

Elle jeta un coup d'œil vers moi.

« Maisie m'a laissée entrer il y a pas longtemps et a dit que je pouvais attendre, expliqua-t-elle, faisant référence à l'opératrice de la station. Je voulais juste te remercier. Sérieusement. »

Maisie ne travaillait généralement pas tard, mais son fiancée, Beck, était de service avec nous sur l'incendie de ce soir.

J'étais surpris de voir Lucy. Elle avait tendance à traiter les hommes comme s'ils étaient nuisibles, moi y compris. Elle se leva tandis que je marchais vers elle. Mon corps se tendit, comme il le faisait toujours quand elle était là. Elle était calme, deux taches rouges apparaissaient sur ses joues. Elle m'ignorait généralement, me lançait des vacheries ou me fixait. C'était si rare qu'elle ne fasse pas ça, je dus m'en imprégner pendant une minute.

Elle ne devait pas mesurer plus d'un mètre cinquante, et encore. Elle était mince, mais pleine de courbes. Peu importe à quel point elle essayait de cacher ses courbes sous des vêtements amples et ses vieilles tenues de chantier, il était impossible de ne pas les remarquer. Du moins pour moi.

Depuis la première fois où j'avais rencontré Lucy, j'avais été attiré par le faisceau de contradictions qu'elle était. Elle était électricienne et bâtisseuse. Elle pourrait probablement se débrouiller avec n'importe quelle équipe de construction compte tenu de ses compétences, mais elle avait rejoint la petite entreprise d'Amelia et avait acheté des parts. Elles étaient l'une des entreprises de construction les plus recherchées de la ville grâce aux conceptions architecturales haut de gamme d'Amelia, de leur travail solide et du fait qu'elles refusaient de se développer. Elles n'acceptaient que quelques projets chaque été et en refusaient bien plus qu'elles n'en acceptaient. Lucy avait l'air à l'aise dans son jean et son t-shirt usé, avec ses bottes de travail en cuir.

Avec sa peau claire, ses cheveux blonds et ses yeux bleu ciel, son apparence contredisait sa personnalité. En un coup d'œil, si vous ne la connaissiez pas, vous pensiez qu'elle était douce ; elle ressemblait à un ange. Son nez était impertinent et retroussé. Elle avait de fines pommettes, ses sourcils étaient délicatement arqués et elle avait d'épais cils blonds encadrant ses grands yeux bleus. Pour couronner le tout, elle avait des lèvres pulpeuses et gourmandes. Merde. Pas la meilleure idée pour moi de la regarder. Mon membre trembla.

Elle avait l'air inquiète en me fixant en retour. Elle déglutit, lâchant un son audible dans la pièce silencieuse.

« Eh bien, c'était tout, dit-elle.

— Qu'est-ce qui était tout ?

— Ça, dit-elle en levant la main en l'air. Je suis juste venue te dire merci. »

Elle se mit sur ses pieds et ajusta ses épaules, ses yeux hésitant à me regarder plus longtemps. Une envie de la protéger me submergea. Qu'est-ce que c'était chez elle ? Elle me bouleversait. Ce n'était pas simplement que je la voulais – parce que putain de merde je la voulais. Quand je la voyais comme ça, je voulais la protéger, même si je ne saurais pas dire pourquoi. C'était si rare qu'elle ne m'ignore pas ou ne me repousse pas, je ne savais pas trop quoi faire avec les sentiments qui montaient en moi.

« Tu n'as pas à me remercier, Lucy. C'est mon travail », dis-je enfin.

Elle hocha la tête, jouant avec une de ses bagues.

« Je sais, mais quand même. »

Elle se tut, accrochant sa lèvre inférieure avec ses dents et jouant avec. Ma bite faisait plus que trembler maintenant. Je pris une inspiration, essayant de calmer ma zone basse. Mon corps m'ignora. Tant que Lucy continuerait à mâcher sa lèvre inférieure, j'allais devoir me maîtriser.

Je hochai à nouveau la tête, essayant de rester concentré sur le moment.

« Aucun problème. »

Je pointai vers son bras dans son attelle bleu vif.

« Comment va ton bras ?

— Oh ça va. Pas de fracture, mais le docteur pense que j'ai blessé l'os. Ils n'ont même pas mis de plâtre. Juste ça. Ça va être chiant pour le travail, mais je vais me débrouiller.

— Je suis content que tu ailles bien. »

Elle commença à se détourner.

« Ne sors pas par là, dis-je rapidement. Je n'ai pas la clé pour verrouiller cette porte. Je n'ai que celle pour l'arrière. Suis-moi. »

Elle se retourna pour me faire face, et je pensai que c'était l'une des rares fois où je l'avais vue les cheveux lâchés. Ses cheveux étaient presque toujours fourrés sous une casquette de baseball ou tirés en queue de cheval. Je ne savais pas qu'ils étaient aussi longs. Les mèches dorées humides dégringolaient par vagues sur ses épaules et à mi-chemin dans son dos. Elle était à couper le souffle.

Elle hocha la tête, ses joues toujours rouges, et me suivit alors que je menais la voie dans la zone arrière. On atteignit la porte principale du parking de l'équipage, et je tenais la porte ouverte pour elle. Alors qu'elle passait à côté de moi, elle m'effleura involontairement. Une décharge électrique me frappa au bref point de contact. Je pris une inspiration et enchaînai mon besoin, la laissant tranquillement passer avant de fermer et de verrouiller la porte derrière elle.

Je jetai un coup d'œil sur le parking, m'attendant à voir le petit pickup bleu qu'elle conduisait. Quand je ne le vis pas, je la regardai.

« Où est ton pickup ? »

Elle haussa les épaules.

« Au garage.

— T'as besoin que je te dépose ? »

Elle prit une profonde inspiration et la laissa échapper avant de me regarder et de s'éloigner. Elle haussa les épaules. Quand elle se retourna vers moi, ses joues étaient rouges.

« Non, merci. »

Elle s'arrêta avant de continuer.

« J'ai envoyé chier mon propriétaire », lança-t-elle sans douceur, suivi d'un petit rire.

Ça venait de nulle part, mais j'éclatai de rire. Bien sûr que Lucy serait du genre à envoyer chier son propriétaire.

« Pourquoi diable ? »

Elle riait vraiment, un spectacle rare pour moi. Elle avait un rire rauque et râpeux, ce qui n'aidait pas l'état de mon corps. Sur les talons de son rire mourant, elle haussa les épaules.

« C'est un putain de connard, et il voulait presque doubler le loyer pour l'année prochaine. Ce n'est pas que je ne peux pas me le permettre parce que je pourrais probablement me le permettre, mais il m'a juste énervée. Je lui ai dit d'aller se faire foutre. Jusqu'à ce que je trouve un autre appart, j'avais l'intention de squatter sévère. Je vais trouver quelque chose. »

Je ne savais pas comment nous étions passés de son

pickup à ça.

« Je pense que tu as peut-être raté l'heure limite pour le *couchsurfing* ce soir. »

Une de ses petites épaules se souleva dans un léger haussement.

« Je vais appeler Amelia. »

Je ne pouvais pas vraiment croire ce qui sortit de ma bouche ensuite.

« Tu peux dormir chez moi. »

Je jure que je ne lui proposais pas de la mettre dans mon lit. Bon sang, je savais que les chances étaient minces. Et les mots m'avaient échappé. C'est ce que j'offrirais à n'importe quel ami. Dès que j'eus ouvert la bouche, les implications devinrent claires dans mon esprit. Toute proximité avec Lucy n'était probablement pas une bonne idée pour moi.

Je dus la faire sursauter car sa bouche était restée ouverte. Elle la ferma d'un coup sec, en plissant les yeux.

« Je n'ai pas besoin d'un endroit où dormir, dit-elle rapidement. Je vais appeler Amelia et voir si je peux dormir chez eux ce soir. Elle viendra me chercher. »

Ma mâchoire me lâcha presque. Parce que c'était ridicule d'appeler Amelia maintenant, étant donné qu'il était plus d'une heure du matin.

« Tu ne l'as pas encore appelée ? » demandai-je.

Lucy secoua la tête. Soit elle n'y avait même pas pensé jusqu'à ce qu'il soit trop tard pour demander, soit elle était têtue. Quoi qu'il en soit, il était trop tard pour appeler Amelia. Sans oublier qu'Amelia et Cade vivaient à une bonne vingtaine de minutes de la ville.

« Lucy, dors au moins chez moi pour ce soir, d'accord ? »

Elle me regarda avec scepticisme. Après un moment, elle hocha la tête.

LUCY

Je gigotai sur le siège passager de la voiture de Levi Phillips. Je ne savais pas pourquoi j'avais accepté de dormir chez lui. La seule raison pour laquelle j'avais dit oui était qu'il était tard, ou plutôt incroyablement tôt. Je ne voulais pas déranger Amelia à cette heure et essayer de trouver un moyen d'aller chez elle et Cade à vingt minutes de route de la ville. Je n'avais pas pensé à appeler Amelia plus tôt, ce qui m'agaçait au plus haut point.

Bref, j'avais passé une semaine de merde. J'avais ravalé ma fierté – un grand moment –avant de m'arrêter à la caserne pour remercier Levi de son aide cet après-midi. Ma soirée avait été un sacré bordel, entre aller à l'hôpital pour qu'ils soignent mon bras, puis rentrer chez moi pour me disputer avec mon propriétaire et être sommairement invitée à déménager parce que mon bail prenait fin aujourd'hui. Les événements de ce soir avaient clôturé une semaine déjà naze.

Je restai silencieuse et essayai de calmer l'énergie nerveuse que je ressentais. Je détestais avoir besoin d'aide, mais la vérité était que je n'avais pas beaucoup d'options ou d'idées sur où vivre à court terme, sauf si ça ne dérangeait vraiment pas Amelia de m'accueillir. Je regardai par la fenêtre pendant que nous roulions. La lune était brillante, projetant une lueur argentée sur la crête de la montagne au loin. Le lac Swan, un lac massif qui servait de pièce maîtresse au ruisseau Willow, était visible d'un côté de la route. L'homonyme de la ville était un ruisseau qui serpentait entre les montagnes et se déversait dans le lac Swan. Les fondateurs de la ville avaient suivi le ruisseau jusqu'au lac, d'où le nom de la ville.

Le lac brillait sous la lune avec les lumières de divers pavillons de pêche et de chasse se reflétant sur ses eaux calmes et sombres. Levi tourna sur l'autoroute menant au centre-ville de Willow Brook. Il semblait se contenter du silence, ce qui était un soulagement.

J'étais curieuse de voir où il vivait. J'avais une vague idée, mais je n'avais jamais vu son chez lui. Willow Brook, en Alaska, était une petite ville avec une population estivale massive. Les touristes affluaient dans toute la ville tout l'été pour chasser, pêcher, faire de la randonnée, du vélo et plus encore. Willow Brook était à proximité de la ville d'Anchorage, à environ trente minutes d'ici, mais aussi légèrement dans les terres, avec tous les avantages des montagnes et une vue imprenable sur Denali au loin. Nous étions également à proximité de l'océan, ce qui voulait dire que les touristes pouvaient également avoir leur dose d'océan. Le centre-ville était assez mignon. C'était une ancienne ville minière et elle s'était agrémentée de nombreux magasins et restaurants mignons pour satisfaire les voyageurs. Nous avions tous les avantages d'une petite ville avec l'argent d'une plus grande ville.

Mis à part le tourisme, il y avait assez peu d'habitants, assez peu pour que tout le monde sache qui était qui et qui vivait où. Tout ce que je savais, c'était que Levi vivait dans l'ouest de la ville. Alors qu'il conduisait dans la nuit au clair de lune, je me demandai à quoi je pensais. Le simple fait d'être si proche de lui me rendait nerveuse, agitée, j'avais chaud et ma peau me piquait partout. Levi avait insisté il y a quelques mois pour essayer de m'emmener dîner. Ça m'avait énervée, mais il avait finalement laissé tomber. J'imagine que la raison pour laquelle ça m'avait énervée était parce qu'il était terriblement sexy. En tout cas, c'était ce que mon corps me communiquait. Mon esprit n'était peut-être pas d'accord avec mon corps, mais je n'arrivais pas à freiner la douce chaleur qui me parcourait chaque fois que j'étais près de lui. Je détestais perdre le contrôle comme ça.

Danger, danger.

La chaleur qui s'enroulait dans mon ventre était précisément la raison pour laquelle j'essayais de garder mes distances. Ce n'était pas une mince affaire, vu que nous avions de nombreux amis en commun. L'amour en général n'était pas mon truc, mais l'idée de tenter une relation dans le bocal à poissons qu'était Willow Brook était impensable. Tout le monde pensait aider, mais bon sang.

Tout le monde connaissait tout le monde ici. Dernièrement, mes amis tombaient comme des mouches. Amelia s'était remise avec l'amour de sa vie, Cade, quand il était revenu après sept ans d'absence. Dieu merci, il était revenu, sinon elle aurait probablement épousé l'idiot avec qui elle était et qu'elle n'aimait même pas. Je n'étais peut-être pas une experte en amour personnellement, mais je savais ce que je voyais.

Mais je m'égarais. Levi était sexy, du genre à rendre une femme folle. Il avait des cheveux blond foncé et des yeux bleu foncé. Je ne voulais pas penser qu'il était sexy, mais ça n'avait aucun sens de résister là-dessus. J'étais là, projetant de dormir sur son canapé apparemment. Ça avait l'étoffe d'une très mauvaise idée. J'espérais qu'il sortait avec quelqu'un en ce moment. J'avais fait un effort conscient de ne pas penser à lui, donc j'avais raté tout potin, s'il y en avait eu, sur sa vie romantique.

À la minute où je pensai cela, la déception me poignarda. Même s'il m'avait saoulée avec ses tentatives, une toute petite partie de moi appréciait l'attention. Pouah. Il faisait vraiment de moi quelqu'un de ridicule.

Pendant que nous roulions, il commença à bavarder, à discuter de la météo, de l'incendie à l'extérieur de la ville, à me poser des questions sur quelques projets de construction et ainsi de suite. En soi, il essayait simplement d'être un être humain poli et décent. Je ne pouvais pas me défaire de l'agitation et de la nervosité en moi. Être seule avec des hommes était quelque chose que j'évitais généralement. Je n'étais pas une prude, mais les relations n'étaient tout simplement pas mon truc. De temps en temps, j'avais un coup d'un soir, mais c'était tout.

Quand Levi m'avait tenue dans ses bras pour m'empêcher de tomber, ça avait été tellement agréable que je pouvais à peine penser à ce que je ressentais. C'était le monde moderne maintenant, et je n'avais pas besoin de m'inquiéter de devenir vieille fille, mais une partie de moi y pensait quand même. À vingt-huit ans, je me dirigeais droit vers de nombreuses années de solitude. Je n'avais jamais eu l'intention de rester aussi longtemps célibataire, ou ma version de la chose. Quelque chose m'était arrivé, et j'avais l'intention de le surmonter. Je l'avais mis dans une boîte dans mon cœur et dans ma tête et j'avais décidé qu'il valait mieux en rester là.

Malgré mon pouls battant au rythme d'un crépitement sauvage et cette sensation piquante et gênante que je ressentais à l'intérieur chaque fois que j'étais près de Levi, je réussis à bavarder pendant qu'il conduisait. Il prit une route puis une autre avant de s'engager dans une petite allée circulaire. C'était la fin de l'été en Alaska. Ça signifiait que le soleil ne se couchait presque jamais. À une heure trente du matin, l'obscurité était tombée, mais avec la presque pleine lune haute dans le ciel, la zone autour de la maison de Levi était illuminée d'une lueur argentée. Il y avait un petit étang dans un champ à côté. Sa maison était plutôt mignonne. Je sentis son regard sur moi puis il rit.

Je basculai vers lui.

« Qu'est-ce qu'il y a de si drôle ? » demandai-je, essayant de contrôler mon pouls quand je croisai son regard.

C'était difficile. Il avait des yeux d'une beauté obscène, un bleu saphir profond. Et il n'avait aucun problème avec le contact visuel direct. Parfois, j'avais l'impression qu'il pouvait me lire comme un livre ouvert.

« Tu as l'air surprise. Je vis dans un endroit décent, c'est surprenant ? » demanda-t-il avec un petit rire.

Je ne pus m'empêcher de lui rendre son sourire. Je ne savais pas à quoi je m'attendais, mais pas ça. Il avait une petite maison avec un porche tout autour, à un angle de la propriété. La façade de la maison avait un mur de fenêtres s'étendant jusqu'au deuxième étage. La maison était tachée d'une douce nuance de gris avec une bordure violette. Le clair de lune rendait le violet étrangement plus brillant.

« C'est le violet qui m'a surprise », ajoutai-je en désignant sa maison.

Il me fit un autre sourire, m'envoyant une décharge dans le ventre.

« Oui, c'était le choix de ma sœur. »

Je me souvenais vaguement qu'il avait une sœur. Elle n'habitait pas à Willow Brook, sinon j'en aurais probablement su plus. Il descendit du pickup et avant que je m'en rende compte, il ouvrait ma portière. Ma colonne vertébrale se raidit et je lui lançai un regard noir, ennuyée qu'il ait fait ça.

« Ce n'est pas comme si je ne pouvais pas ouvrir la porte moi-même, tu sais. »

Il rit.

« Oui, j'ai dû me dépêcher. Je vais être honnête. Je l'ai juste fait parce que je savais que ça allait t'embêter. »

Je voulais être en colère, mais c'était drôle. Voilà à quel point Levi était sans vergogne. Il n'essayait même pas de cacher ses intentions. Je levai les yeux vers lui et mon souffle se coupa. Il était trop beau pour être vrai. Il aurait tout aussi bien pu figurer dans l'un de ces calendriers de pompiers à moitié nus. Il avait un look robuste, presque royal, associé à un corps dur et musclé. Il avait un nez droit, des pommettes sculptées et une mâchoire forte. Il y avait une cicatrice qui courait le long d'une de ses joues, et je me demandais comment c'était arrivé. Ça lui donnait un côté *bad boy*.

Je me ressaisis, réprimant mon agacement parce que je ne voulais pas qu'il sache à quel point il m'avait atteinte. Alors qu'il me tenait la porte pendant que je sortais de la voiture, je pouvais sentir la chaleur de son corps. Sa présence était puissante. C'était le genre d'homme qui me donnait envie de m'appuyer sur lui. Cependant, cette force me stressait, et au moment où je la ressentis, tout mon corps se crispa. Je voulais m'enfuir comme un cerf effrayé. Je réussis à me contenir en passant devant lui.

Le bruit de la porte du pickup qui se fermait derrière moi résonna dans le silence. J'entendis des ailes battre dans l'air et je levai les yeux pour voir un corbeau, sombre dans le clair de lune, volant juste au-dessus de nous. Je pris une inspiration, les parfums de l'été de l'Alaska m'envahissant – un air frais avec le soupçon subtil de l'océan pas trop loin et la richesse terreuse de toute la verdure.

Je marchai aux côtés de Levi pour monter les marches de sa maison. Je remarquai qu'il n'avait même pas pris la peine de verrouiller ses portes lorsqu'il ouvrit la porte d'entrée, la tenant pour moi. Je chassai cette pensée bien loin. Je remarquai des petites choses comme ça parce que je fermais toujours mes portes. Il alluma les lumières une fois à l'intérieur. Je m'arrêtai pour regarder autour de moi. J'étais encore une fois surprise, mais je me dis que sa sœur avait peut-être ajouté sa touche ici aussi.

« C'est joli », commentai-je en absorbant l'espace.

Nous étions entrés dans la cuisine. Un comptoir en L séparait la cuisine du salon. Il y avait des comptoirs avec une touche de lavande, des appareils électromé-nagers en acier inoxydable et des armoires en érable clair. Étant donné que je passais la plupart de mes jour-nées à construire des maisons, je remarquai ce genre de détails. Je savais qu'il avait dépensé pas mal d'argent pour ces armoires, et elles avaient l'air faites sur mesure. Le sol était carrelé d'un carrelage gris argenté avec un soupçon de lavande à nouveau. Le carrelage rencontrait un parquet dans le salon. Le salon avait un plafond en voûte et un poêle à bois en pierre dans un coin de la pièce. Un canapé modulable d'un côté et une télévision sur le mur opposé. Des étoiles clignotaient dans le ciel à l'extérieur des fenêtres, le clair de lune illuminant le champ et le petit étang.

Je me retournai en regardant vers le haut. Un balcon entourait les trois côtés de la maison, à l'exception de celui avec les fenêtres. Il y avait une seule porte sur chacun des trois murs. Je supposais qu'il s'agissait des chambres. Il n'y avait qu'une porte en bas, qui devait mener vers une salle de bain. Levi me dépassa.

« Allez, je vais te montrer la chambre d'amis, dit-il.

— Oh, je peux dormir sur le canapé. »

Il s'arrêta et me regarda, les yeux plissés.

« Tu ne dors pas sur le canapé. J'ai deux chambres. Tu en auras une toute à toi si c'est ce qui t'inquiète. »

Bizarrement, je ne m'en inquiétais pas. J'ouvris la bouche pour argumenter. Je n'avais aucun problème à admettre que je pouvais être têtue, surtout quand il s'agissait de Levi, ou de n'importe quel gars qui essayait de me dire quoi faire d'ailleurs. Je fermai la bouche lorsque je réalisai la futilité et la bêtise de cette dispute.

Je haussai les épaules, me sentant un peu penaude.

« D'accord. »

Son regard bleu intense tenait le mien. J'avais l'impression qu'il pouvait voir en moi, et je détournai le regard parce que je n'aimais pas à quel point je me sentais exposée.

« Je vais te montrer l'étage », dit-il finalement avant de se détourner.

Je le suivis dans les escaliers.

« Salle de bain, commenta-t-il en désignant la porte au milieu du mur arrière. Ma chambre est là », ajouta-t-il en faisant un geste vers la gauche avant de me conduire à la porte du côté opposé.

On entra dans une chambre spacieuse. Elle était meublée simplement avec un lit et deux tables de nuit. Le mobilier était en érable clair avec des lignes modernes et épurées. Le lit avait une couette en duvet de couleur crème généreuse avec des oreillers assortis. La chambre n'était décorée que de quelques photos de paysages.

Je sentis son regard sur moi et je le regardai. Quand il ne dit rien, je me sentis obligée de parler.

« C'est sympa. Merci. Je te laisserai tranquille dès demain. J'appellerai Amelia pour qu'elle vienne me chercher et... »

Ses magnifiques yeux bleus se plissèrent à nouveau.

« Tu n'appelles pas Amelia pour qu'elle vienne te chercher. C'est ridicule. »

Il avait l'air vraiment offensé que j'aie même suggéré que quelqu'un d'autre m'emmènerait en ville. L'espace d'un instant, je me sentis un peu mal, mais mon agacement à l'idée qu'il puisse me dire quoi faire était plus fort.

« Si je veux appeler Amelia pour qu'elle vienne me chercher, je fais ce que je veux. »

Je soupirai, pour de vrai, puis je me retournai.

Levi posa sa main sur mon épaule, m'empêchant de m'éloigner, ce qui était ce que je voulais faire. Son toucher était comme une marque au fer rouge. Ce contact était chaud et envoya des étincelles de chaleur dans tout mon corps. J'étais tellement secouée par la réaction de mon corps que je ne reculai pas.

« Je vais te conduire n'importe où où tu dois aller demain matin, d'accord ? »

Son ton était un peu moins autoritaire cette fois. J'étais trop ennuyée par ma réaction pour insister. J'étais aussi épuisée, mon bras me faisait mal, et je voulais désespérément dormir. J'avais besoin de m'enfoncer dans les couvertures et de tout oublier. Plus particulièrement, oublier à quel point mon corps était attiré par Levi. Je hochai la tête.

« D'accord. »

Ses yeux reprirent les miens. Mon Dieu, j'aurais aimé qu'il ne soit pas aussi à l'aise à regarder les gens dans les yeux. Maintenant, son regard était doux, comme s'il pouvait sentir à quel point j'étais mal. Il laissa retomber sa main et sortit de la pièce.

« Bonne nuit. »

Ce fut la dernière chose que j'entendis alors qu'il fermait la porte.

Je me déshabillai et je rampai jusqu'au lit. Les draps étaient frais et la couette légère et douce sur mon corps. Je m'endormis, pendant que mes pensées revenaient à Levi.

Chapitre Quatre

LUCY

Je me réveillai, me sentant plus reposée que je ne l'avais été depuis des années. Pendant une minute, je n'arrivais pas à savoir où j'étais puis je me souvins que j'étais dans la chambre d'amis de la maison de Levi. Compte tenu des événements d'hier, c'était un miracle que j'aie dormi aussi profondément que ça. Je roulai sur le côté et regardai par la fenêtre, qui donnait sur le champ devant la maison. La brume s'élevait des hautes herbes alors que le soleil se levait au-dessus des arbres, ses rayons atterrissant sur le paysage couvert de rosée.

Je pris une profonde inspiration et la laissai sortir. Je n'avais aucune idée de l'heure qu'il était. Je n'avais pas mon sac à main, ou quoi que ce soit en vrai. J'avais laissé mon sac à main dans le pickup d'Amelia quand elle m'avait emmenée à l'hôpital pour qu'on examine mon bras. Je le soulevai, soulagée de ne ressentir qu'une douleur lointaine lorsque je bougeai soigneusement mon poignet dans l'attelle. Je soupirai, me rappelant que je m'étais ensuite disputée avec mon propriétaire et que je n'avais aucun endroit où vivre. Trouver un nouvel appartement en plein été à Willow

Brook n'était pas chose facile. La plupart des maisons et hôtels étaient réservés par les touristes.

C'était tellement étrange que Levi soit celui qui m'ait aidée hier. Je détestais me dire ça comme ça, mais il m'avait sauvée. Je me demandai brièvement pourquoi il avait cessé ses tentatives et arrêté de m'inviter à sortir avec lui, puis me forçai à oublier ces pensées. L'amour n'était pas dans mes plans. Peu importait l'effet que Levi avait sur mon corps. Agitée, je repoussai les couvertures et sautai du lit. J'enfilai mon t-shirt et collai mon oreille à la porte. Il était encore tôt, alors j'espérais pouvoir me faufiler jusqu'à la salle de bain.

Quand je n'entendis rien, j'ouvris lentement la porte. La porte de la chambre de Levi, juste en face de moi, était fermée. La maison était complètement silencieuse. Je sortis rapidement et courus sur la pointe des pieds jusqu'à la salle de bain, me précipitant dedans et fermant la porte.

Je fis ce que j'avais à faire, sortis sur la pointe des pieds et tombai nez à nez avec un hamster brun et blanc au milieu du balcon. Il s'était arrêté pour me regarder puis se précipita pour renifler mon pied.

Quoi ? Levi a un hamster ? Wow.

L'incongruité me fit éclater de rire. Je me penchai pour caresser sa fourrure du bout des doigts. Le petit hamster se tortilla sous mon toucher et leva les yeux.

« Ah, je vois que tu as rencontré Ham. »

La voix de Levi était basse et rocailleuse, encore endormie. Ce son envoya un picotement le long de ma colonne vertébrale. Je me levai rapidement et me retournai pour le trouver au coin du balcon.

Bon sang.

Au moment où je le vis, une vague de chaleur traversa mon corps. Avais-je déjà dit qu'il était fait pour être sur un calendrier ? Je savais qu'il était beau, mais mon imagination ne lui rendait pas justice. Il ne portait rien de plus qu'un pantalon de sport bleu marine qui tombait bas sur ses hanches. Ses pectoraux auraient tout aussi bien pu être taillés dans de la pierre. Chaque muscle était défini. Il était tellement musclé que ça aurait dû être illégal. Mes yeux se régalèrent. Je ne pouvais pas détourner le regard. Ma bouche s'assécha et mon pouls décolla comme une fusée.

En même temps, je me tenais là avec un hamster qui avait décidé de grimper sur mon pied. J'étais tellement choquée que j'avais oublié que je ne portais rien d'autre qu'un t-shirt qui pendait juste au-dessus de mes hanches. Lorsque ce fait me vint à l'esprit, je rougis instantanément. Je réalisai que Levi avait probablement une vue parfaite sur mes fesses quand je m'étais penchée pour caresser ce hamster qui s'appelait apparemment Ham. J'étais maintenant tout excitée et gênée. Ce moment se classait haut dans la liste des moments les plus mortifiants de ma vie. De *toute* ma vie.

Je n'arrivais pas à m'en sortir, le regardant juste pendant que la chaleur s'épanouissait en mon centre et rayonnait vers mes muscles. Si Levi savait ce à quoi je pensais, il ne montrait rien. Il réduisit la distance entre nous jusqu'à être juste devant moi. À quelques centimètres seulement.

Je voulais le toucher. Désespérément.

Ma main avait apparemment un esprit propre. Parce que je le touchai sans même y penser, tendant la main et glissant ma paume le long de sa poitrine. Sa peau était chaude, légèrement parsemée de poils. Son regard bleu intense était fixé sur le mien. L'air entre nous semblait vivant, chatoyant et palpitant de besoin.

Je n'arrivais pas à retirer ma main, mais je fus soudain envahie par le stress, poussé par mon passé et toutes les raisons pour lesquelles je ne faisais pas des choses comme ça. Comme s'il pouvait prédire mon prochain mouvement, il passa sa main sur la mienne. Son toucher était chaud et puissant. Son pouce effleura mon poignet à l'endroit où la peau était si sensible que ça fait presque mal. Des frissons brûlants me parcoururent.

J'avalai ma salive, luttant contre mon anxiété grandissante. D'une manière ou d'une autre, cette peur se mêlait au désir intense que je ressentais et l'amplifiait même.

« Prends un café avec moi », dit-il.

Je ne savais pas à quoi je m'attendais, mais ce n'était pas ça. Il ne fit aucun autre mouvement, se tenant simplement là avec ma main dans la sienne et son pouce hypnotique suivant le rythme sauvage de mon pouls.

« D'accord », lâchai-je.

Il déplia sa main. Je dus me forcer pour enlever la mienne. La sensation de sa peau chaude sous mon toucher me manqua instantanément.

Sa bouche se retroussa dans un coin.

« Donc voici Ham », dit-il en désignant le hamster.

Ham avait son arrière-train appuyé sur mon pied alors qu'il regardait devant lui.

« Donc, tu as un hamster ? »

Levi hocha la tête.

« Oui. Ma sœur me l'a donné. Elle a dit que j'avais besoin de compagnie.

— Tu le laisses se balader ? »

Je me concentrai là-dessus parce que je n'arrivais pas à contrôler mon corps.

Mon intimité palpitait de besoin et mon ventre

papillonnait, et penser à ce hamster était la seule chose qui me permettait de ne pas perdre la tête. J'étais aussi beaucoup trop consciente de ma proximité avec Levi et d'à quel point il était sexy. Avec ses cheveux ambrés ébouriffés par sa nuit de sommeil et son torse glorieusement exposé, il était juste de dire que je ne pensais pas clairement. Du tout.

Il haussa les épaules. Bon sang, même ses épaules étaient sexy, ses muscles roulaient en un haussement facile.

« Oui. Il est sorti une fois et ça s'est bien passé, alors maintenant je laisse sa cage ouverte. Il entre et sort et fait ses trucs. Tu avais besoin de la salle de bain ? » demanda-t-il en se dirigeant vers la porte.

Je secouai sauvagement la tête.

« Non. Je suis prête. »

Sur ce, je me précipitai, désespérée de mettre une distance entre Levi et moi et peut-être même essayer de reprendre le contrôle de mon corps.

Chapitre Cinq

LEVI

Je franchis la porte du Firehouse Café. La chaleur et l'odeur des pâtisseries fraîches m'envahirent. Le Firehouse Café se trouvait sur la rue principale du centre-ville de Willow Brook, un centre presque mort au milieu de la ville. Le café était installé dans l'ancienne caserne de pompiers de la ville et avait été rénové en un espace joyeux. Le coin salon se trouvait dans l'ancien garage, les portes avaient été transformées en fenêtres donnant sur la rue principale et le lac Swan – un lac immense et le principal attrait touristique de la ville – au loin. Le café était décoré d'œuvres d'art locales. Des tables rondes étaient dispersées dans le coin salon à côté du comptoir boulangerie et collations.

Comme d'habitude, le café était plein. Du printemps à l'automne, il grouillait de touristes. L'hiver venu, les habitants continuaient de le faire vivre. Le lieu proposait un café et des viennoiseries absolument divines pour le petit déjeuner, des sandwichs phénoménaux pour le déjeuner et une sacrée bonne sélection pour le dîner. Bref, Janet James, la propriétaire historique du Firehouse Café, faisait un travail remarquable pour rendre cet endroit irrésistible en toutes saisons.

Willow Brook était à environ quarante-cinq minutes d'Anchorage, juste assez près pour avoir le trop-plein de touristes d'Anchorage et juste assez loin pour avoir l'impression d'être presque au milieu de nulle part. Avec un lac Swan tentaculaire au centre de la ville, Willow Brook était une plaque tournante pour la pêche, la chasse, la randonnée, le vélo et plus encore. Le Wildlands Lodge, et quelques hôtels plus petits, étaient construits sur ses eaux pittoresques, facturant une fortune que les touristes étaient heureux de payer.

C'était la fin de l'été et l'automne était déjà à ses trousses. Je scannai le café bondé et j'allai me placer au bout de la file d'attente. Il faisait beau aujourd'hui, par conséquent, le café était bondé de touristes prenant un café sur le pouce avant de se diriger vers l'activité qu'ils avaient planifiée dans la nature sauvage alaskienne, tandis que les habitants étaient dispersés entre les tables.

Malgré mes efforts pour persuader Lucy de prendre un café avec moi ce matin, elle m'avait fait faux bond quand nous étions arrivés en ville. Sentant que si j'insistais trop fort et trop vite, elle me repousserait encore plus, j'avais laissé tomber.

Quelqu'un me donna un coup d'épaule et je jetai un coup d'œil derrière moi pour tomber sur Cade.

« Salut mec ! Quoi de neuf ? » demandai-je.

Cade afficha un sourire.

« Je prends un café, et toi ?

— Pareil.

— J'imagine qu'ils vont nous appeler pour aider au nettoyage de l'incendie d'hier, commenta-t-il.

— Ouais. À quelle heure part ton équipe ? demandai-je.

— Je réglerai ça une fois arrivés à la caserne. Je dois d'abord passer par *Denali Builders*. Cette foutue chaudière est tombée en panne la nuit dernière. »

On avançait ensemble pendant que la file se déplaçait.

« Ça craint. Tu peux pas la réparer toi-même ? »

Il secoua la tête.

« Nan. On a tout essayé. Amelia l'a achetée d'occasion quand elle a construit la maison, donc on savait qu'elle ne tiendrait qu'un certain temps. Ça coûterait 20 000 $ à réparer, déclara-t-il en secouant lentement la tête.

— Merde. »

C'était à peu près tout ce que j'avais à offrir en réponse.

« Pire encore, Amelia a passé la matinée au téléphone à demander des faveurs pour voir si quelqu'un en a une qui traîne. Aucun magasin local n'en a une bonne en stock. Je veux dire, elles sont généralement commandées au besoin. Je lui ai dit que ce serait mieux si on faisait avec et qu'on dépensait l'argent qu'il faut pour en avoir une vraiment bien qui va tenir. Mais il faudra des semaines avant d'avoir la chaudière de remplacement.

— Au moins, c'est l'été, commentai-je.

— C'est vrai, mais on n'a pas d'eau chaude. Pire encore, notre réservoir d'eau chaude a débordé quand la chaudière est tombée en panne, donc c'est un vrai bordel dans le garage. Amelia veut retirer le parquet et le refaire.

— Si vous avez besoin d'aide, n'hésitez pas. »

Cade hocha la tête.

« Merci mec. Je peux faire l'installation moi-même. Faut juste réussir à faire venir la chaudière jusqu'ici. »

On avança à nouveau quand un grand groupe

devant nous eut fini de commander et s'éloigna du comptoir. Janet James leva les yeux, nous adressant un large sourire. Il était pratiquement impossible de ne pas sourire quand Janet vous souriait. Avec ses yeux marron pétillants, sa silhouette ronde et sa chaleur effervescente, elle était parfaite pour être le centre du café.

« Eh bien les garçons, qu'est-ce que je peux vous servir ?

— Du café », dîmes-nousà l'unisson.

Janet gloussa.

« Quoi comme café ?

— N'importe lequel, aussi fort que possible », dis-je en retour.

Son regard se posa sur Cade.

« Pareil, dit-il rapidement.

— Rien à manger ?

— Oh bah, on va prendre un mix de tes pâtisseries, ajoutai-je. On les emmènera aux gars à la caserne. On a une journée de nettoyage. »

Après avoir payé et ignoré la tentative de Cade de payer son café, Janet s'éloigna pour s'occuper de notre commande, tandis qu'on se dirigeait vers le comptoir de service. La cloche au-dessus de la porte tinta joyeusement, je jetai un coup d'œil par réflexe et vit Lucy entrer. Au moment où mes yeux se posèrent sur elle, mon corps se raidit d'anticipation.

C'était un putain de miracle que je me sois maîtrisé ce matin après être tombé sur elle en sortant de ma chambre. J'avais eu une vue absolument parfaite de ses fesses. Non pas que je n'aurais pas pu deviner qu'elle avait un corps splendide, même si elle le cachait bien. Elle avait un cul parfait en forme de cœur dans des sous-vêtements en coton rose incroyablement féminins. J'avais failli tomber au sol. Le simple fait de la voir maintenant avec cette vision en tête m'envoya une bouffée d'excitation directement dans les veines.

J'avais fait un petit discours dans ma tête pour garder ma bite baissée parce que je savais qu'à la minute où elle allait se retourner, la réaction de mon corps allait être parfaitement visible, étant donné que je ne portais rien d'autre qu'un pantalon de jogging. Quand elle s'était redressée et s'était retournée avec ses magnifiques cheveux blonds complètement ébouriffés et son t-shirt posé sur ses hanches, j'avais dû me faire un deuxième petit discours rapide. Même si son t-shirt était très ample, ses seins étaient pressés contre le tissu et ses mamelons facilement visibles à travers le coton fin.

Ensuite, elle m'avait touché. D'après le regard dans ses yeux, elle s'était effrayée autant qu'elle m'avait effrayé. D'habitude, je l'aurais taquinée, mais je m'étais arrêté au regard dans ses grands yeux bleus et à la chaleur accumulée dans leurs profondeurs. Il y a quelques mois, alors que j'essayais de la convaincre de sortir avec moi, j'aurais dit qu'il y avait une étincelle entre nous. Parce que c'était presque impossible à rater. Ah, je ne mentirais pas en prétendant que ce n'était pas aussi un défi pour moi. Mais c'était plus que ça. Chaque fois que j'étais près d'elle, l'air était électrique.

Pourtant, rien n'aurait pu me préparer à ce bref moment avec elle. L'air était devenu lourd en l'espace d'une seconde. L'intensité de son regard et l'intimité de l'instant m'avaient bouleversé. Je ne m'y attendais pas. Et je ne m'attendais certainement pas à ce qu'elle me touche.

Je regardai Amelia suivre Lucy à travers la porte. Bien qu'Amelia domine sa collègue en taille, la présence de Lucy était si forte que je remarquais rarement ce détail. Cade appela le nom d'Amelia. À la seconde où elle le regarda, il lui fit un clin d'œil, lui arrachant un sourire. Elle ne pouvait pas savoir à quel point c'était parfait qu'elle et Lucy viennent prendre un café ici après que Lucy m'eut mis un tel vent.

« Vous prenez une table ? » appela-t-elle.

Cade hocha la tête et me regarda.

« Ça te dérange de prendre les cafés ici ?

— Pas du tout. »

Il semblait avoir changé de vitesse et décidé que nous restions un peu. Mais Cade était tellement fou d'Amelia que ce n'était pas une surprise du tout. Peu importait qu'ils soient mariés et ce depuis deux bonnes années maintenant, peu importait qu'il l'ait probablement quittée à peine une heure plus tôt. Il voudrait voler plus de temps avec elle. Ça m'allait très bien parce que ça voulait dire que je pouvais voler quelques minutes de plus avec Lucy.

Je pris nos cafés et me dirigeai vers la table qu'il trouva dans le coin. Quelques minutes plus tard, Amelia se frayait un chemin vers nous avec Lucy. Je les regardai s'approcher, voyant une expression familière et réservée sur le visage de Lucy. Je n'étais pas du genre à être *sentimental*. Nan. Je laissais simplement les choses se faire quand on parlait d'amour. Je ne dirais pas que j'étais un tombeur, plutôt un gars qui « passe d'une petite histoire romantique à l'autre ». Mais Lucy m'atteignait.

Elle était si belle qu'elle me coupait le souffle. Le genre de beauté qu'il était impossible de manquer. Elle essayait tellement de le cacher avec son attitude de garçon manqué et son armure froide. Jusqu'à ce que Cade rentre à Willow Brook, même si je l'avais déjà remarquée – parce que c'était tout simplement impossible de ne pas le faire – je la considérais comme trop distante et inatteignable.

Après que Cade et Amelia se furent remis ensemble, mon cercle social et celui de Lucy s'étaient rapprochés de telle façon que j'avais commencé à voir qu'elle était bien plus que le cactus qu'elle présentait. Elle était incroyablement loyale envers ses amis et toujours là quand ils avaient besoin d'elle, quelle que soit la manière. Mais s'il y avait quoi que ce soit d'autre qu'une ambiance platonique, elle posait des murs comme personne. J'avais été assez idiot pour penser que je pourrais la charmer assez longtemps pour faire tomber ces murs. Sans succès. Curieusement, essayer de la charmer m'avait fait *ressentir* des choses que je n'avais pas trop l'habitude de ressentir. Je voulais savoir pourquoi elle était autant sur la défensive, pourquoi elle me repoussait aussi fort.

Jusqu'à hier, puis hier soir, j'avais pensé que je devais laisser tomber.

Amelia nous rejoignit en premier.

« Rien de neuf ? demanda-t-elle après avoir déposé un long baiser sur la joue de Cade et s'être assise à côté de lui.

— Nan. Au plus tôt, on peut avoir une chaudière dans deux semaines et c'est si on a de la chance.

— Qu'est-ce qu'il se passe ? » demanda Lucy en se glissant sur la chaise à côté de moi. C'était la seule chaise qui restait, mais ça ne me dérangeait pas du tout de l'avoir un peu plus près de moi.

« Notre chaudière est morte la nuit dernière et notre réservoir d'eau chaude a inondé la pièce. J'ai appelé partout ce matin. *Denali Builders* en a un de merde en stock, mais si on doit dépenser de l'argent, je veux une chaudière décente. »

Amelia s'arrêta pour prendre une grande gorgée de son café.

« Donc, pas d'eau chaude, et le sol est ruiné dans le garage, déclara-t-elle avec un soupir.

— C'est pas comme si on ne pouvait pas se permettre les vingt-mille en ce moment, mais c'est un coup dur quand même », ajouta Cade.

Lucy les regarda, ses yeux bleus inquiets.

« Eh bah, ça craint. »

Elle bougea pour soulever sa tasse de café avec son bras blessé, puis leva les yeux au ciel en changeant rapidement de main.

Les yeux d'Amelia se plissèrent.

« Comment va ton poignet ?

— Oh, ça va. Juste un peu mal, dit fermement Lucy. Désolée que ce vous soit arrivé. Si vous avez besoin d'aide pour le sol, dites-moi. »

Amelia haussa les épaules.

« Pas tant que tu n'es pas autorisée à utiliser à nouveau ta main. On va s'en occuper. On ira probablement chez les parents de Cade jusqu'à ce que ça soit réparé. Je déteste les douches froides, dit-elle avec insistance. En parlant de ça, ça veut dire que tu ne peux pas dormir chez nous en attendant de trouver un nouveau logement. Une fois qu'on aura la chaudière, tu es la bienvenue aussi longtemps que tu veux. »

Lucy hocha la tête et but une gorgée rapide de son café, son air volontairement nonchalant camouflait la tension qu'elle dégageait.

La prochaine suggestion d'Amelia me donna envie de l'embrasser.

« Pourquoi tu ne restes pas chez Levi ? »

Elle ne pouvait pas savoir à quel point c'était parfait.

« Ça me va, ajoutai-je, faisant un effort distinct pour garder un ton décontracté.

— Qu'est-ce qu'il s'est passé avec ton propriétaire d'ailleurs ? demanda ensuite Amelia quand Lucy faillit s'étouffer avec son café.

— Eh bien, tu sais que mon bail était terminé. Il voulait augmenter le loyer. Genre, de beaucoup. Je me suis disputée avec lui là-dessus, puis il a dit qu'il ne renouvellerait pas le bail. Comme j'avais fait une scène, j'ai dû partir hier soir. »

Amelia sourit.

« Voilà ce que ça donne de s'emporter. »

Lucy leva les yeux au ciel.

« Levi a beaucoup de place chez lui », déclara Cade.

Je repoussai l'envie de faire des vannes parce que je savais que si je le faisais, mes chances que Lucy accepte l'offre étaient bien moindres.

Lucy hocha finalement la tête, son regard croisant le mien. L'éclat de vulnérabilité qui apparut au fond de ses yeux me fit mal au cœur. Ne serait-ce que parce qu'elle se sentait probablement coincée par la situation, je me retins délibérément de dire quoi que ce soit.

Lucy avait changé son délicieux t-shirt presque transparent pour une salopette en jean sur un t-shirt ajusté. Elle était tellement magnifique, et elle essayait tellement de ne pas l'être que je trouvais ça doublement attrayant.

La conversation se poursuivit avec Amelia qui posait quelques questions sur l'incendie de la veille et moi posant des questions sur leur dernier projet.

« Est-ce que tu travailles aujourd'hui ? » demandai-je en désignant l'attelle bleue de Lucy.

Elle attira mon regard en plissant les yeux.

« Bien sûr.

— Je lui ai déjà demandé, déclara Amelia en soupirant. Elle dit qu'il lui reste un bras valide. »

Elle fixa Lucy.

« Ne fais juste rien de stupide. »

Lucy but une grande gorgée de son café et lui lança un regard noir.

« Ce n'est pas grand-chose. Ça fait à peine mal aujourd'hui. C'est une contusion, rien de plus. Je dois juste porter cette attelle pendant quelques semaines et c'est tout. Je peux travailler, et je vais travailler, alors ne m'embête pas là-dessus.

— Bien. Ne te fais pas plus mal, rétorqua Amelia.

— Ça ne nous dérangerait pas de devoir te sauver si tu recommences », n'ai-je pas pu m'empêcher d'ajouter.

Le regard de Lucy se tourna vers moi.

« Vous êtes incroyables. Tu me dis que tu ne travaillerais pas si tu avais un bras en attelle ? »

Cade et moi nous regardâmes, puis je haussai les épaules d'un air battu.

« Pas faux. Je ferais des travaux légers.

— C'est ce que je dois dire alors ? » demanda-t-elle avec un soupçon de sourire.

Mince. Faire sourire Lucy manqua de me faire craquer complètement. Je fis comme si de rien n'était en riant.

« Quelque chose comme ça. Probablement pas de hauteurs et certainement pas poser des poutres comme tu faisais hier. »

Amelia secoua vigoureusement la tête.

« Absolument pas. Tu n'aurais pas dû faire ça toute seule de toute façon. J'ai déjà appelé Max. Il nous aidera un peu aujourd'hui, pour qu'on finisse les poutres. »

Lucy marmonna quelque chose dans sa barbe et but une autre gorgée de son café. Mon portable sonna et je le sortis de ma poche. Je vis que c'était un texto de Maisie, notre opératrice, nous ordonnant de nous rendre à la caserne pour un appel non urgent.

« Il faut qu'on aille à la caserne », dis-je en croisant les yeux de Cade.

Lucy et Amelia nous suivirent dehors. Quand Amelia s'avança vers Cade pour lui dire au revoir, elle lui fit un baiser qui nous obligea à détourner le regard, alors je jetai un coup d'œil à Lucy.

« Est-ce que tu vas avoir besoin que je te dépose chez moi ce soir ? » demandai-je.

Son regard avait l'air carrément mutin.

« Bah, je dois récupérer mon pickup. Si ça ne te dérange pas de venir me chercher au chantier et de me déposer au garage, ce serait génial, dit-elle, d'un ton maîtrisé. Je vais passer quelques appels aujourd'hui et voir si je peux trouver un appart, donc je n'aurai peut-être même plus besoin de squatter chez toi. »

Je souris simplement et acquiesçai, sachant très bien que ses chances de trouver quelque chose à cette période de l'année seraient minces. C'était le milieu de l'été et tout était plein à craquer. Je la regardai s'éloigner avec Amelia, me demandant si j'arriverais à briser ses défenses dans un proche avenir.

Chapitre Six

LUCY

J'avais passé la journée de mauvaise humeur. Je n'aimais pas ne pas pouvoir travailler à plein régime. Je n'aimais pas ne pas avoir d'appartement. Et bordel, je détestais être obligée d'accepter de dormir chez Levi une nuit de plus. Pendant qu'Amelia et Max étaient occupés à poser les poutres, je passai au moins une heure à appeler n'importe où où j'aurais pu trouver une location. Même Janet n'avait pas de chambre en rab dans le B&B qu'elle gérait à côté du Firehouse Café.

Absolument aucune chance de trouver une alternative à une nuit chez Levi. Si j'étais raisonnable, je serais soulagée qu'il l'ait proposé. Mais je ne l'étais pas. Il me mettait dans un drôle d'état et me faisait penser à des choses auxquelles je n'avais pas pensé depuis des années. Pire que tout, il me donnait envie de ne pas avoir autant de bagages émotionnels.

Après avoir accepté à contrecœur qu'il était peu probable que je trouve un nouveau logement à court terme, je me remis au travail. J'étais toujours dans un mauvais état d'esprit. J'étais saoulée par mon poignet douloureux et saoulée par ma vie. Après qu'Amelia et

Max eurent posé toutes les poutres et furent descendus de l'échafaudage, Amelia alla s'appuyer contre un chevalet à proximité en buvant de l'eau. Je coupais du parquet avec la scie électrique, quelque chose que je pouvais gérer avec mon poignet blessé. Elle enleva ses gants de travail et les tapa contre son jean pour faire tomber la poussière.

« Un peu tôt pour ça, tu ne trouves pas ? » demanda-t-elle.

Je jetai un coup d'œil dans sa direction alors que je faisais soigneusement une autre coupe.

« Je pense que je fais ce que je peux gérer. Comme ça on aura une longueur d'avance une fois que je serai de retour, proposai-je avec un haussement d'épaules. On a un espace de stockage à sec sur place, donc ça devrait aller. »

Max Richards s'avança, passant sa manche sur son visage et essuyant la sueur de son front. C'était le milieu de l'été en Alaska, le seul moment de l'année où on trouvait un peu de chaleur. Il jeta un coup d'œil dans ma direction, en affichant un sourire.

« Tu vas être soulagée quand ton poignet ira mieux, non ? Qu'est-ce qu'il s'est passé au fait ? » demanda-t-il.

Amelia ne prit même pas la peine de lever les yeux au ciel discrètement.

« Tu connais Lucy. Elle n'aurait pas dû essayer de monter les poutres seule, mais elle a décidé d'essayer. Je suis allée en ville pour récupérer plus de bois et en revenant je l'ai trouvée là-haut. J'ai retenu la leçon », dit-elle sans détours.

Je lui lançai un regard noir, mais je ne pus m'empêcher de sourire. Je savais que je n'aurais pas dû faire ça, mais je n'avais pas eu de patience.

« Oui, j'ai retenu la leçon aussi. Le médecin a dit que je n'avais rien de cassé, mais que j'avais une contusion osseuse. Je devrais être comme neuve dans quelques semaines », ajoutai-je.

Max gloussa.

« Eh bien, content que tu n'aies rien de plus grave. Je dois y aller, je vous dis à plus tard. Appelez-moi si vous avez besoin d'un coup de main à un autre moment. »

Amelia lui lança un sourire alors qu'il se détournait avec un signe de la main. Max s'occupait généralement de tous nos travaux d'excavation. C'était un bon gars avec qui il était facile de travailler. Aussi saoulée que je l'étais d'avoir besoin de son aide aujourd'hui, j'étais contente pour nous qu'il soit là. Sans son aide aujourd'-hui, notre projet aurait été considérablement retardé.

Amelia se dirigea vers notre fourgon de travail après avoir vidé sa bouteille d'eau et revint avec deux autres bouteilles d'eau. Elle m'en lança une et je l'at-trapai de ma main valide. En me retournant, je posai mon dernier morceau de bois coupé et j'appuyai mes hanches contre le support de la scie.

On resta quelques minutes en silence. Je scannai le chantier. C'était un beau terrain à la périphérie de Willow Brook, niché dans une forêt d'épinettes, de peupliers et de bouleaux. Les arbres s'ouvraient sur un champ marécageux, offrant une vue sur les montagnes au loin. Un corbeau croassa et une pie bavarda en réponse.

« Comment va ton poignet ? demanda Amelia.

— Bien en fait. J'avais un peu mal ce matin, mais l'ibuprofène a fait l'affaire. Ça va me faire chier quand même », répondis-je avec un petit rire.

Elle me lança un sourire ironique.

« Oh, j'imagine. Je pourrais te vanner là-dessus, mais je serais pareil. Tu as réussi à trouver un truc à louer ? »

Je pris une gorgée d'eau et levai les yeux vers le ciel. Il faisait beau aujourd'hui, des nuages vaporeux filaient dans le ciel bleu.

« Non, mais j'aurais dû m'en douter. On n'est pas loin de l'automne, mais c'est toujours plein. Tous les proprios louent pour très cher à des touristes.

— Tellement vrai. Je peux demander aux parents de Cade si tu peux dormir chez eux aussi. J'ai réalisé après coup que ça ne t'avait peut-être pas plu qu'on suggère que tu dormes chez Levi. C'est un bon gars, mais je sais qu'il... »

Instantanément, je me mis sur la défensive. Amelia était ma meilleure amie, mais je n'allais pas faire ma quiche devant elle. Levi était un bon ami à elle et à Cade et, enfin, à tous ceux avec qui j'étais amie en ville. Ce serait bizarre si je devenais toute tendue et refusais d'accepter une offre amicale.

« Pas de problème, dis-je rapidement. Levi m'a proposé, et il n'y a aucune raison que je refuse. »

Sans savoir que j'y avais déjà dormi la nuit dernière et qu'il m'avait vue en sous-vêtements ce matin, elle poursuivit :

« Il a plus de place que nous de toute façon. Je suis sûre qu'il te laissera rester aussi longtemps que tu as besoin », proposa-t-elle.

— Ouais, s'il ne me rend pas folle », ajoutai-je, incapable de résister à ce commentaire.

Elle roula des yeux.

« Levi est un bon gars. Il aime bien flirter, c'est tout. »

Je le savais bien. Ce que je ne savais pas, c'était ce que j'allais faire avec tout ce qu'il provoquait dans mon corps et ma tête.

———

Je passai trois jours de plus chez Levi. Trois jours où sa simple existence me rendait folle. Je me réveillai le troisième jour, ma peau était rouge et un filet de sueur me recouvrait. J'avais fait un autre rêve passionné à propos de lui. C'était la troisième nuit consécutive où mon corps et mon subconscient me trahissaient de la pire des manières. Mon esprit revint au souvenir de mon rêve.

Les lèvres de Levi sur ma peau, la griffure de sa barbe sur mon cou puis sur ma poitrine alors que ses lèvres se refermaient autour d'un mamelon. Son corps musclé se pressait contre le mien. Son sexe, dur et palpitant entre mes cuisses, glissait dans mes replis humides. Je criais...

Oh. Mon. Dieu. Je me réveillai en criant son nom. J'avais bougé mes jambes dans tous les sens sous le drap. Je pouvais sentir la chaleur humide entre mes cuisses, mouillée de besoin pour lui. Dans mon esprit confus, je ne pensais pas clairement, ou pas du tout. Avant que je m'en rende compte, mes doigts plongeaient dans la chaleur humide de mon centre. J'étais tellement excitée. Je n'avais pas été comme ça depuis... Bon sang, je n'avais jamais été comme ça. J'étais trempée et j'avais besoin de soulagement. Je caressai mes plis, ma peau rougit de besoin et de gêne d'avoir tant envie de Levi. Il avait envahi mes rêves et s'emparait de toutes mes pensées.

J'enfouis mes doigts dans mon canal, mon sexe se contractant. Ce n'était pas assez. Je voulais ce que mon rêve m'avait donné : le membre de Levi enfoui en moi. Dans mes rêves, je savais ce que c'était de le circluser. Mon souffle s'accéléra alors que je jouais avec moi-même. Je sortis mes doigts trempés, les faisant glisser d'avant en arrière sur mon clitoris, un bouton gonflé de besoin. Mon orgasme était juste là, à portée de main. Dans un sursaut de plaisir, j'enfouis à nouveau mes doigts dans mon canal. Mon sexe se serra alors que ma libération me submergeait, aiguë, abrupte et intense.

Je restai immobile, mon souffle saccadé. C'était fou. J'avais eu un orgasme avec rien d'autre que la pensée de Levi, et mes doigts étaient collants de mon jus. Je voulais sortir du lit, entrer directement dans sa chambre et faire de mon rêve une réalité. Le rêve de la nuit dernière m'avait placée en train de le chevaucher, ses doigts s'enfonçant dans mes hanches alors que sa bite me remplissait. Mon canal palpita de nouveau autour de mes doigts. Je les retirai lentement, roulant sur le côté et essayant de me reprendre en main.

Je ne savais pas quoi faire. Je n'avais pas encore trouvé d'endroit où vivre. J'étais folle d'envie pour Levi et devais m'éloigner de lui. Sans endroit où vivre, je n'avais pas de bonne excuse pour partir. J'étais dans une position inconfortable car Levi était l'ami de beaucoup dans le petit monde social de Willow Brook. À part rester chez lui, je n'avais pas d'autre choix que de craquer et d'appeler ma mère. Ce qui n'était absolument pas une option. Au moment où cette pensée me traversa l'esprit, j'eus envie de fondre en larmes.

Je jetai les couvertures et sortis rapidement de la pièce en direction de la salle de bain. Depuis le premier matin où j'avais furtivement essayé d'aller aux toilettes sans que Levi s'en aperçoive, je n'avais eu aucun problème à me souvenir de m'habiller avant de quitter la chambre d'amis. Ce matin, je ne réfléchissais pas. Bon sang, qui pourrait m'en vouloir ? Je venais de jouir comme une folle sur ma propre main en fantasmant sur Levi. Je pouvais sentir l'humidité entre mes cuisses alors que je me dirigeais vers la salle de bain. Avant que je l'atteigne, mais trop loin pour retourner dans ma chambre, la porte de la chambre de Levi s'ouvrit.

Je restai gelée sur place. Il passa sa main dans ses cheveux en bataille et leva les yeux, ses magnifiques yeux bleus s'écarquillant lorsqu'il me vit. Son torse était nu − son torse dangereusement sexy qui me mettait l'eau à la bouche − et il portait un pantalon de jogging qui tombait bas sur ses hanches. Pas assez ample pour cacher son excitation. Si seulement il savait à quel point j'étais mouillée. Ses yeux s'accrochèrent aux miens. On resta là un moment, à se regarder. S'il était gêné par son érection évidente, ça ne se voyait pas.

« Bonjour Lucy », dit-il avec un hochement de tête.

Sa bouche se retroussa en un coin alors que ses yeux s'abaissaient. C'était comme si son regard était un vrai contact. Mes mamelons se resserrèrent quand j'en sentis la chaleur. Je réalisai soudainement que mon t-shirt préféré pour dormir était fin et blanc. Il ne faisait aucun doute que mes mamelons étaient visibles. Ma chatte se serra à son regard.

« Bonjour », m'étranglai-je, essayant d'avoir l'air décontracté, mais au lieu de cela, j'avais l'air pressée et stressée.

Mortifiée, je me précipitai dans la salle de bain, claquant presque la porte derrière moi. Ce n'est qu'alors qu'il me vint à l'esprit qu'il avait probablement besoin d'aller aux toilettes. Je m'appuyai contre la porte et tentai de reprendre mon souffle.

« Tu as besoin de la salle de bain ? » appelai-je.

Oh mon Dieu. J'avais l'impression d'être en panique. Dans ma tête, je l'étais. Mon cœur martelait si fort que j'avais l'impression qu'il allait sortir de ma poitrine. J'avais peur qu'il puisse l'entendre d'où qu'il se trouve.

« Oui, mais je vais descendre. Pas de soucis », répondit Levi.

Juste devant la putain de porte.

Je m'affaissai de soulagement au bruit de ses pas qui s'éloignaient. Je pris plusieurs respirations tremblantes, voulant que mon pouls ralentisse et que mon corps traître se contrôle. Au bout d'un moment, je m'éloignai de la porte, me retournant tardivement pour la verrouiller. Idiot et inutile, mais une habitude que je ne pouvais pas briser. Je savais que Levi était poli, peu importe à quel point il m'avait cherchée avant et peu importe à quel point ça m'agaçait. Je savais qu'il n'entrerait pas pendant que j'étais sous la douche. Il n'était tout simplement pas ce genre de gars. Mais je verrouillai quand même la porte, presque comme pour me protéger de mon propre désir.

Je m'arrêtai et me regardai dans le miroir. Mes joues étaient rouges, mes cheveux étaient en désordre et mes tétons coquins étaient tendus sous le coton fin de mon haut. Je savais que Levi s'était assez rassasié de cette petite vue.

Plus jamais. Je n'oublierai pas de me changer avant de retourner aux toilettes. Tellement stupide.

Je levai les yeux au ciel. Merde. La seule raison pour laquelle j'étais aussi étourdie ce matin était parce que j'avais fait un autre rêve cochon et torride à propos de Levi et que je m'étais caressée en pensant à lui. Après plusieurs respirations profondes, mon pouls commença à ralentir. J'entendis la douche s'allumer dans la salle de bain juste en dessous de celle-ci.

Je ne pouvais pas m'empêcher d'imaginer la bite de Levi soulignée par son jogging, le tissu doux caressant pratiquement son corps — la bite que je voulais désespérément en moi, du moins dans mes rêves.

Il y a une raison pour laquelle tu ne peux pas penser à ce genre de choses.

Cette voix murmura au fond de mon esprit. Mon désir fut emporté par une vague de... Je ne sais pas ce que c'était – tristesse, regret et honte tous réunis peut-être.

Je sortais rarement avec qui que ce soit. Je n'avais jamais eu de petit ami. Je n'étais pas prude. Je n'étais pas vierge, mais je ne pouvais pas tolérer que quoi que ce soit mette le bazar dans mes émotions, alors je me limitais à des coups d'un soir occasionnels et rien de plus. Les larmes me piquèrent au fond des yeux et je m'éloignai du miroir. Mettant rapidement en marche la douche, je laissai l'eau se réchauffer un moment avant d'y entrer. J'ai laissé l'eau chaude se mêler à mes larmes pendant que je prenais ma douche. Mon esprit revenait à un moment auquel je n'aimais pas penser.

Chapitre Sept

LUCY

J'avais fait ma première année de lycée à San Francisco, en Californie. À ce jour, je ne savais pas pourquoi nous avions déménagé là-bas, mais c'était ce que nous avions fait. C'était brutal pour moi. J'avais toujours été la plus petite personne de ma classe. On m'avait taquiné tout au long de l'école primaire sur ma taille. J'étais un peu timide, pas timide comme un enfant peureux, mais plus timide socialement. Mon enfance avait été nulle. Pour le dire franchement, mon père était un connard. Il n'était pas physiquement violent trop souvent, mais il était émotionnellement et psychologiquement violent envers ma mère. Il l'engueulait constamment, au point qu'elle était devenue l'ombre d'elle-même. Elle n'avait aucune estime d'elle et ne parlait jamais pour elle-même.

Pour mon père, j'étais un détail gênant. Quand j'étais vraiment petite, il m'ignorait, et je trouvais que c'était difficile. Jusqu'à ce que je sois assez vieille pour qu'il me remarque. À un moment au collège, il a commencé à me traiter comme ma mère. J'étais trop intelligente et c'était stupide. Du moins c'était ce qu'il disait. Tout était stupide chez moi, selon lui.

Je n'ai jamais eu d'amis parce qu'il était hors de question que je les ramène à la maison. Quand je suis arrivée au lycée dans la petite ville au milieu de nulle part où nous vivions en Californie, j'avais réussi à me faire un ou deux amis. Puis j'avais été arrachée à cette petite ville et plongée à San Francisco dans un lycée branché d'une grande ville.

Ce n'était pas une surprise de découvrir que je ne correspondais pas au nouvel ordre social. J'étais encore petite et je n'avais pas eu l'occasion de devenir à l'aise dans ma peau. Je n'avais pas de courbes, aucune à proprement parler. On pouvait à peine voir que j'étais une adolescente. Je n'ai eu aucune forme avant la première. J'étais là, timide avec presque pas d'amis et avec un béguin fou pour un gars. Floyd Lewis était rêveur et un gars cool et tout ce que je n'étais pas. C'était la star de l'équipe de football. Je me suis dit qu'il était digne d'un coup de cœur parce qu'il était aussi intelligent.

Je rougissais à chaque fois que je le regardais. J'étais tellement mal à l'aise socialement, et je savais qu'il ne me remarquerait pas. Mon surnom c'était Minus, et j'étais la cible de beaucoup de blagues. Je supposais que j'étais passablement jolie, mais c'était presque impossible d'être objective sur moi-même avec le recul pendant mon adolescence. Tout ce que je savais, c'était que c'était une période socialement solitaire et émotionnellement stressante.

Puis mon béguin m'avait invitée au bal de l'école.

J'étais là, la toute petite Lucy Caldwell, et le garçon le plus mignon de l'école m'invitait à danser. J'étais stressée, mais incroyablement et bêtement excitée. Ces quelques jours de joie pétillante et d'incrédulité semblaient si ridicules après coup. Floyd était grand et fort et avait des filles qui se jetaient à ses pieds dans les couloirs tout le temps. Alors que la nouvelle se répandait comme une traînée de poudre dans le lycée qu'il avait enfin honoré une fille chanceuse d'une invitation au bal, j'avais reçu beaucoup de regards méchants d'autres filles. Je n'avais pas vraiment d'amis, donc ça ne m'avait pas autant blessée que ça aurait pu. Je les avais ignorées.

Je flottais sur cette joie stupide et enivrante que seule une fille qui voulait désespérément s'intégrer pouvait ressentir quand elle pensait que peut-être, juste peut-être, elle pourrait enfin trouver sa place.

Le soir du bal est arrivé, et même si j'avais peur que Floyd ne vienne pas, il est venu. Il est même venu à la porte avec des fleurs. Il était assez charmant avec ses cheveux bruns lissés en arrière et ses yeux noir brillant. Il a donné les fleurs à ma mère, ce qui lui a valu un regard noir de mon père. Avec le recul, je ne pense que mon père ne savait pas comment interagir avec lui. Mon père a failli refuser de me laisser aller au bal.

Pour une fois, ma mère m'a défendue. Elle l'a supplié de me laisser profiter de ce petit bonheur. Alors j'y suis allée. Je ne pouvais pas dire que c'était merveilleux. J'étais trop stressée pour que ce soit vraiment quoi que ce soit.

Pour ce qui était du bal en soi, Floyd m'a tirée par le bras. J'étais plus comme un morceau de son vêtement qu'une personne. Il parlait aux autres, il riait, il laissait les autres filles le flatter, mais il était courtois et poli. Après le bal, il m'a emmenée dans un parc où je n'étais jamais allée et m'a embrassée. Mes souvenirs étaient confus et flous. J'étais trop submergée par l'anxiété nerveuse pour vraiment ressentir quoi que ce soit. Je n'avais aucune expérience pour juger ses baisers. J'étais totalement inexpérimentée, et je ne voulais pas que ce soit mon premier baiser, mon premier quoi que ce soit. Les baisers se sont transformés en grosses caresses jusqu'à ce qu'il tire ma robe vers le haut. Rien de tout cela n'était désagréable. Oh, c'était maladroit, et il était un peu plus brute que je ne l'aurais souhaité, mais c'était juste qu'il manquait de finesse. C'était simplement ce que c'était. J'avais malheureusement intégré une partie de la façon dont ma mère gérait les hommes, qui était d'acquiescer.

J'ai perdu ma virginité à l'arrière d'une putain de voiture le soir de mon premier et unique bal de lycée. Ce n'était pas horrible, mais ce n'était pas amusant, ou intime, ou quelque chose comme ça. Ça faisait mal, et je me sentais bête, principalement parce que je ne savais pas quoi faire. Floyd était, eh bien, il était juste ce qu'il était. Il semblait plutôt content de lui après coup. Il m'a embrassée sur la joue à la porte, et je suis allée me coucher, réussissant à peine à dormir.

Le lendemain arriva et je suis allée au lycée où j'avais trouvé le mot SALOPE griffonné sur mon casier. Entre la veille et le matin, Floyd s'était vanté d'avoir pris ma virginité. La rumeur, comme tant d'autres, s'était largement répandue dans les couloirs du lycée. À ce jour, je ne savais pas si Floyd savait que sa vantardise avait entraîné ma honte sociale, mais ça n'avait pas vraiment d'importance. Je ne lui avais plus jamais parlé.

Peut-être que j'étais un défi pour lui. J'avais appris après coup qu'il y avait des paris pris sur si j'irais au bal avec quelqu'un et sur si j'étais vierge ou non. Ma timidité sociale m'avait beaucoup handicapée. Pire encore, mon père l'avait découvert. Jusqu'à mes seize ans, il ne m'avait jamais frappée. J'étais rentrée chez moi ce jourlà, et il m'avait donné deux yeux au beurre noir juste devant ma mère, déclarant que j'étais devenue la putain qu'elle avait été. Il avait crié qu'il espérait seulement que je ne tombe pas enceinte parce que c'était comme ça qu'elle l'avait piégé.

Bien que ces deux yeux au beurre noir aient été affreux, ils ont changé ma vie. Malgré ma vie familiale peu enviable, j'étais une excellente élève et je ne manquais jamais l'école. Lorsque j'avais raté pour la première fois de ma scolarité une journée de cours, mon conseiller d'orientation avait envoyé les services sociaux de l'école pour vérifier si j'allais bien. Mon père ne s'était jamais soucié de penser qu'il devrait rester à la maison pour me surveiller, alors il était allé travailler. Ma mère aussi. L'assistant social de l'école a appelé la protection de l'enfance après que j'ai ouvert la porte et qu'il at vu mes yeux au beurre noir.

Ma mère avait le choix : moi ou mon père. Ils n'allaient pas lui laisser la garde, alors elle avait dû décider. Elle l'a choisi. J'ai été envoyée en famille d'accueil pendant un an avant qu'elle ne trouve la force de me choisir plus tard.

Chapitre Huit

LUCY

Le lendemain, je m'appuyai contre un chevalet de scie à notre chantier actuel avec un soupir. Un corbeau croassait des arbres à proximité. Je le regardai s'envoler d'un peuplier, une ombre sombre contre le ciel bleu éclatant. J'adorais toutes les saisons en Alaska, mais j'aimais particulièrement la fin de l'été. Une douce brise soufflait sur le terrain où nous étions en train de construire. La propriété était nichée au milieu des collines à la périphérie de Willow Brook. Denali pointait le bout de son sommet au-dessus des arbres au loin. Je regardais dans le champ d'à côté où l'épilobe fleurissait. Cette herbe commune fleurissait en vagues fuchsias brillantes à travers tout l'Alaska à la fin de l'été, comme des éclaboussures de couleur dans un paysage déjà magnifique.

Je me tournai pour prendre ma bouteille d'eau, par réflexe avec ma main droite. Lorsque mon attelle heurta la bouteille, je baissai les yeux et je la regardai.

« En colère contre ton bras ? » demanda Amelia quand elle s'approcha de notre fourgon de travail.

Ses cheveux ambrés tombaient d'une queue de

cheval alors qu'elle passait sa manche sur son visage. Je levai les yeux au ciel en changeant de main et en attrapant ma bouteille d'eau. Amelia s'appuya contre le chevalet à côté de moi, me lançant un sourire.

« Je suis en colère contre mon attelle. C'est chiant, dis-je.

— Quand est-ce que tu l'enlèves déjà ?

— La semaine prochaine. Je n'ai pas mal. Je ne vois pas pourquoi je ne peux pas simplement l'enlever. »

Elle jeta un regard noir dans ma direction.

« Ne sois pas stupide.

— C'est juste une contusion osseuse, répliquai-je.

— Oui, mais si tu veux que ça guérisse bien, prends-en soin. »

Amelia but une longue gorgée de sa bouteille d'eau avant de regarder à nouveau dans ma direction.

« Tu as trouvé un appart ? » demanda-t-elle en changeant de sujet.

Elle ne pouvait pas savoir qu'elle avait choisi le seul autre sujet qui était plus ennuyeux que mon bras légèrement blessé. J'avais fait un autre rêve sur Levi la nuit dernière. J'avais du mal à être près de lui sans avoir chaud et être excitée. J'avais l'impression d'être entre deux chaises. Il ne s'imposait pas et me laissait mon intimité. Ce n'était pas lui. C'était moi. C'est ce qui me rendait folle.

Je ne savais pas quoi faire avec combien je le voulais. Je m'étais réveillée tellement excitée la nuit dernière que j'avais été obligée de prendre les choses en main. Encore. Je commençais à me sentir comme possédée. Il possédait certainement mes rêves.

Je feignis un ton désinvolte.

« Rien, répondis-je en secouant la tête.

— C'est une période difficile de l'année.

— Y a-t-il vraiment un bon moment de l'année ici pour trouver une location ? »

Amelia me lança un sourire ironique.

« Pas vraiment, non. Sauf si tu achètes. C'est soit des locations d'hiver à court terme quand elles seront libres, soit en attendant que quelque chose de mieux se présente. Tu as pensé à acheter ?

— C'est sur ma liste. Peut-être que dans un an environ, j'aurai suffisamment d'économies pour un acompte.

— Eh bien, je suis contente que tu puisses dormir chez Levi parce que notre maison n'est pas une option pour le moment. On dirait que vous vous entendez bien tous les deux. »

Je plissai les yeux.

« Pourquoi tu dis ça ? »

Mon ton semblait plus agacé que je ne l'avais prévu.

Elle esquissa un sourire.

« Parce que tu ne te plains pas de lui.

— Eh bien, il n'a pas flirté », dis-je d'un ton grincheux.

Je ne dis pas à haute voix que ce fait me dérangeait un peu. Je ne pouvais pas croire que ça me manque que Levi flirte avec moi. Il était scrupuleusement respectueux, et ça me rendait folle. L'absence de flirt me donnait envie de lui au point que j'envisageais vraiment de le baiser. Peut-être que si je pouvais éliminer ce besoin fou de mon système, il disparaîtrait.

Ma santé mentale était définitivement remise en question. C'était absolument l'idée la plus folle que j'aie jamais envisagée, mais j'étais presque en feu tout le temps quand il était là. Peu importe à quel point j'essayais, je n'arrivais pas à le bannir de mes pensées.

En fait, plus j'essayais de ne pas penser à lui et de ne pas le vouloir, plus je pensais à lui et plus je le voulais.

Le rire d'Amelia m'avait distraite et je réalisai que j'avais complètement perdu le fil de notre conversation. Heureusement, il était facile de se rappeler de la dernière chose qu'elle avait dite parce qu'il s'agissait de Levi.

« Tu as été tellement ronchon avec lui, je pense qu'il a renoncé à flirter », proposa-t-elle.

Je masquai mon agitation intérieure avec une longue gorgée d'eau avant de répondre.

« Ça lui a pris longtemps. »

Son téléphone sonna et elle le sortit de son jean, mettant ainsi fin à notre conversation. Elle s'éloigna pour prendre l'appel, pendant que je me retournai et commençai à empiler le parquet que j'avais coupé tout l'après-midi. J'étais revenue sur ce chantier aujourd'hui et nous étions sur le point d'en avoir assez pour la maison. Je l'empilai sur un chariot à roues et le laissai dans notre entrepôt couvert. Nous avions terminé la journée et Amelia partait dîner avec Cade et ses parents.

Alors que je rentrais en voiture vers la ville, je me demandai si je devais m'arrêter et prendre quelque chose à manger. Willow Brook faisait des merveilles pour ma vie sociale. J'avais pu recommencer ici pendant ma dernière année de lycée. Peut-être que je n'avais pas une tonne d'amis, mais personne ici ne savait rien du harcèlement et de l'humiliation que j'avais subis dans mon dernier lycée, même si je n'avais rien fait de mal. Je m'étais fait quelques amis à Willow Brook, et quand j'ai commencé à travailler avec Amelia après l'université, elle est devenue ma meilleure amie. Son petit cercle m'avait facilement adoptée. Je n'étais toujours pas très à l'aise pour faire les choses par moi-même. Je prenais parfois un café au Firehouse Café. On faisait des jeux de cartes entre filles de temps en temps, et parfois j'allais à Wildlands, un des meilleurs bars de la région, quand des amis y allaient.

C'était vendredi soir, et il n'y avait rien de tout ça de prévu. Habituellement, ça n'aurait aucune importance. Sauf que ça signifiait rentrer chez Levi et m'inquiéter de savoir si j'allais le voir ou non. Une partie de moi était presque désespérée de le voir. Une autre partie de moi était agacée et en colère à cause de la trahison de mon corps. Mon côté têtu ne voulait pas oser laisser sa présence dicter ce que je faisais.

Ce soir, mon côté têtu et mon désir désespéré de le voir gagnaient la bataille. Je rentrai chez lui, déterminée à agir comme si je m'en fichais. Quand je m'arrêtai et que je vis que son pickup n'était pas là, je poussai un soupir de soulagement. Et je me demandai rapidement ce qu'il faisait. C'est à quel point il me rendait ridicule.

Je savais qu'il ne voyait personne en ce moment parce que j'avais fait un commentaire sarcastique sur les femmes qui bavaient sur lui l'autre soir. Il l'avait mal pris et avait tenu à dire qu'il ne voyait personne en ce moment.

En maugréant contre moi-même, j'entrai dans la maison comme si c'était chez moi, comme Levi m'avait dit de le faire. Il avait également tenu à me faire savoir qu'il ferait la même chose pour n'importe quel ami s'il avait besoin d'un endroit où vivre. Je détestais avoir besoin d'aide et j'envisageais parfois d'appeler ma mère. C'était un non rapide à chaque fois que cette pensée me traversait l'esprit.

Travailler dans la construction, même des travaux légers avec mon attelle, signifiait que j'étais toujours couverte de poussière, alors je me dirigeai directement à l'étage pour prendre une douche. J'étais soulagée que mon attelle soit facile à retirer pour les douches. Même si je rageais de devoir la porter, je n'étais pas stupide, donc je la remis immédiatement après m'être séchée. Dès que je sortis de la douche, je sus que Levi était à la maison parce que je pouvais entendre la douche couler en bas. Le simple fait de savoir qu'il était proche lança un spasme d'anticipation dans tout mon corps. Vêtue d'un pantalon de sport ample, de chaussettes moelleuses et d'un sweat-shirt, j'envisageai de me cacher dans ma chambre. Mais c'était idiot, et je me sentis comme une lâche d'y avoir même pensé.

Je descendis les escaliers jusqu'à la cuisine. Malgré ses objections, j'avais fait le plein de provisions l'autre jour. Il avait insisté sur le fait que ce n'était pas nécessaire, mais je m'en fichais. Je devais faire quelque chose en échange de ce logement. Alors que je regardais dans les placards, j'entendis l'eau se couper dans la salle de bain du rez-de-chaussée. Je décidai de réchauffer un carton de soupe. Je n'étais pas une bonne cuisinière du tout. Pendant que je cherchais une casserole de la bonne taille, la porte de la salle de bain s'ouvrit.

Au bruit de ses pas, je regardai par réflexe par-dessus mon épaule. C'était étrangement intime de savoir qu'il avait été nu sous la douche avec rien d'autre qu'une mince porte entre nous. Mon corps avait toutes sortes de réactions à ce sujet.

Au moment où mon regard se posa sur lui, ce fut comme un éclair de feu dans mon corps. Sa simple présence était comme des charbons déposés en mon centre. Il était torse nu sans rien d'autre qu'un jean. Bien sûr, il étreignait son corps comme un amant, caressant chaque centimètre de ses cuisses musclées. J'avalai ma salive, mon visage brûlant. Mes yeux, mes yeux obstinés et obscènes, s'attardaient sur les plans durs et sculptés de ses pectoraux. Sa poitrine était légèrement parsemée de poils couleur caramel, à peine visibles sur sa peau ambrée. Mes mains me démangeaient d'une envie de le toucher.

Je réussis à remonter les yeux vers son visage, seulement pour voir son regard s'assombrir lorsque le mien entra en collision avec le sien. Je pris une respiration saccadée et je voulus contrôler mon pouls. Il n'écoutait pas. Du tout. Des papillons tournaient dans mon ventre et la chaleur se répandait dans mes veines. Mon intimité devint humide instantanément. J'étais d'un ridicule fou face à lui.

Je réussis à prendre une autre respiration et je déglutis.

« Salut », m'étouffai-je.

Merde. Ma voix était toute haletante. À l'intérieur, j'avais l'impression de nager contre un raz-de-marée de besoin. Mon désir volontaire s'était incrusté dans mes pensées jour et nuit. C'était incessant et me faisait penser des choses folles. Par exemple, j'envisageais sérieusement de lui sauter dessus.

Mon besoin de lui était une force que je n'avais jamais affrontée. Je n'avais même jamais été tentée comme ça. En dehors de mon père que je détestais, je n'avais jamais passé autant de temps avec un homme. Au-delà de ma première expérience sexuelle pas si géniale, je n'avais pas eu beaucoup d'autres expériences. J'avais essayé de sortir avec quelques gars à l'université, mais j'avais trouvé qu'il était plus facile de garder les choses brèves et physiques. Les aventures d'un soir peu satisfaisantes me permettent de garder des limites émotionnelles claires. À vingt-six ans maintenant, je devais penser – durement – pour me rappeler la dernière fois que j'avais embrassé quelqu'un. C'était plus qu'embarrassant.

À part l'obscurcissement de ses yeux, Levi ne révéla rien. Il entra dans la cuisine, marchant de façon nonchalante. Ce n'était pas conscient, peu importe à quel point je voulais me le dire. Il était tellement viril, un homme à l'essence brûlante dans un corps fait de muscle pur. Pas parce qu'il se musclait par vanité. En tant que pompier hotshot, il était le plus coriace des coriaces. Son travail exigeait la force innée et une confiance infaillible. Bon sang, il en avait à la pelle. Mes yeux absorbèrent avidement sa vue alors qu'il se rapprochait.

Il appuya sa hanche sur le comptoir, n'ayant apparemment même pas l'intention de mettre un t-shirt.

« Qu'est-ce qu'on mange ? demanda-t-il en passant une main sur le bord du comptoir.

— De la soupe », dis-je en brandissant un carton de soupe à la tomate.

Ses yeux se posèrent sur le carton et revinrent sur moi, s'écarquillant légèrement.

« De la soupe ? » répéta-t-il.

Je hochai la tête, chancelant parce que mon corps bourdonnait, et que je pouvais à peine penser.

« Mmh mmh. »

Je priais pour qu'il ne voie pas que mes joues étaient brûlantes. J'étais certaine qu'il s'en rendait compte car mon teint ne cachait pas très bien les rougeurs. Je ne crois pas que ça puisse être qualifié de rougissement. Plus comme si j'étais en feu à l'intérieur et à l'extérieur et sur le point de fondre à ses pieds.

« Et si je préparais à dîner ? demanda-t-il.

— Hein ? »

Fut ma brillante réponse.

« Et si je préparais à dîner ? Tu n'as pas l'air de cuisiner souvent. »

Les traces d'un sourire apparurent aux coins de sa bouche.

Je le dévisageai, ne sachant pas comment répondre. C'était la première nuit où je n'avais rien à faire et rien à manger alors qu'il était aussi là.

« Tu cuisines ? »

Sa bouche s'étira en un sourire lent. Mon bas-ventre se crispa, mon besoin s'enroulant étroitement en un nœud au sommet de mes cuisses. Bordel. Ses sourires étaient dangereux. J'étais pratiquement en train de baver. Pendant ce temps, il se tenait là, totalement inconscient de mon état intérieur.

« Oui, je cuisine. J'adore cuisiner en fait. Je suis sacrément doué. »

Je ris parce que j'étais tellement surprise que je ne savais pas quoi faire d'autre.

« Tu as un problème avec un homme qui cuisine ? » contra-t-il, toujours souriant.

Je secouai la tête rapidement.

« Non pas du tout.

— Ça ne te dérange pas si je cuisine alors ?

— Bien sûr que non. Cuisine ce que tu veux pour toi. »

Ses yeux se plissèrent et son sourire s'effaça.

« Je vais cuisiner quelque chose pour nous deux, clarifia-t-il.

— Oh non. Tu n'as pas besoin de faire ça. Je vais juste prendre de la soupe. »

Je commençais à me sentir frénétique à l'intérieur. Accablée d'un désir ardent, embrouillée, hors de mon élément et juste confuse, je ne savais pas comment démêler tout ça.

Levi tendit la main et prit le carton de soupe de ma main, ses doigts frôlant les miens et envoyant une décharge électrique chaude à travers mon corps. Mon souffle s'arrêta et mon pouls décolla comme une fusée. Remarquez, ce n'était pas comme si j'étais calme avant, mais maintenant mon pouls n'était même plus mesurable. Je me sentais folle. Avant que je puisse former un autre mot – parce que parler n'était pas vraiment mon fort, surtout pas en ce moment – il avait remis la soupe dans le placard.

Pendant que j'étais occupée à essayer de ne pas fondre sur place, il s'occupa de sortir des choses du réfrigérateur. Il dit quelque chose que je n'enregistrai pas.

« Lucy ? »

Même sa voix était sexy, comme du whisky au miel. Elle déclencha un frisson sur ma peau.

« Hein ? »

Mon vocabulaire avait vraiment dégénéré.

Il sourit, envoyant un autre choc vers mon ventre et faisant tourner la chaleur dans mes veines.

« Ce sera prêt dans une demi-heure. D'accord ?

— D'accord. »

Wow. J'étais passée à deux syllabes. Toujours souriant, il se retourna et se mit au travail. Ne sachant pas quoi faire de moi-même, je me glissai sur une chaise à la table de la cuisine. J'avais chaud partout et ma culotte était mouillée. Apparemment, il allait cuisiner torse nu.

Si je passais la nuit sans arracher son jean, ce serait un miracle.

Chapitre Neuf

LEVI

Je ne savais pas comment j'avais réussi, mais j'avais préparé le dîner sans tirer Lucy sur mes genoux pour l'embrasser de manière insensée. Heureusement, j'avais quelque chose à faire. Je pensais ce que je lui ai dit plus tôt. J'aimais cuisiner, depuis toujours. Tous mes souvenirs d'enfance tournaient autour de la cuisine, principalement parce que c'était là que ma famille passait du temps ensemble. J'avais absorbé l'amour de mes parents pour la nourriture. J'étais heureux de dire, même un peu arrogant là-dessus, que de mes parents, ma sœur et ma famille élargie, j'étais le meilleur chef de la famille.

Pendant que je cuisinais, Lucy était assise à la table de la cuisine et me regardait. Elle était tellement tendue qu'elle vibrait pratiquement. L'envie entre nous était à couper au couteau. Je sentais qu'elle était énervée par l'existence même de ce désir. Pour garder mon corps sous contrôle, je m'occupais de cuisiner. Je concoctais un dîner simple de fajitas au poulet. Elle avait fait les courses les plus drôles que j'aie jamais vues. Son choix de produits m'avait informé qu'elle ne cuisinait probablement pas. Elle avait fait ce mélange sans queue ni tête d'achats et rien n'allait vraiment ensemble.

Dieu merci, elle avait pris du poulet, des tonnes de fromage et des tortillas. Quand je lui servis une assiette et que je m'assis en face d'elle, ses yeux se tournèrent vers moi, s'écarquillant. Ses yeux bleu ciel attirèrent les miens et m'entraînèrent. Je me retrouvai assez régulièrement perdu dans son regard ces derniers jours.

« Oh wow. Tu sais *vraiment* cuisiner. »

Elle baissa les yeux sur son assiette puis revint vers moi.

« Tu n'y as même pas encore goûté », dis-je, incapable de résister à un sourire et à un clin d'œil.

Ses joues s'empourprèrent. Mince. J'adorais quand elle rougissait.

« Eh bien, je vais goûter tout de suite », dit-elle rapidement.

En une seconde, elle gémissait, ce qui n'arrangeait pas les choses avec mon corps.

« Oh mon Dieu, marmonna-t-elle entre deux bouchées. Tu sais vraiment cuisiner. »

Je ris. J'avais assaisonné le poulet avec des piments et un mélange d'épices.

J'avais saupoudré de coriandre fraîche et les avais garnis d'une cuillerée de crème et de fromage, et c'était délicieux. Pour une soirée de fin d'été, c'était le repas parfait.

Lucy dévora tout dans son assiette. Pour sa petite taille, elle pouvait avaler un tas de choses. Elle insista pour débarrasser, tout en repoussant mes mains quand j'essayai de l'aider. Je décidai que ça ne valait pas la peine de se battre. Après avoir tout rangé dans le lave-vaisselle, elle se retourna, les mains sur les hanches. Ses cheveux avaient séché en vagues bouclées pendant que je cuisinais. Pas une couche de maquillage, et elle était magnifique. J'adorais la voir avec ses cheveux lâchés.

Bien sûr, même ses vêtements confortables cachaient ses formes. Pourtant, ses seins généreux étaient impossibles à cacher. Je pensai qu'elle mourrait sur le coup si je le disais, mais je pouvais voir ses petits mamelons tendus se presser contre le coton doux de son sweat-shirt. C'était une sacrée bonne chose que je sois assis, sinon elle verrait exactement à quel point je bandais pour elle.

Elle me fixa un instant, son regard réfléchi.

« Levi... commença-t-elle, ses mots s'étouffant.

— Oui Lucy ? » répliquai-je quand elle ne dit rien d'autre.

Elle s'approcha de moi. J'essayais d'être un gentleman. Bon sang, j'avais fait appel à *toutes* mes connaissances de gentleman au cours des derniers jours. Essayant de lui laisser de l'espace, essayant de ne pas la taquiner. Je savais par Cade qu'elle n'avait pas encore trouvé d'appartement. Ce qui m'allait bien. À part pour le fait qu'elle me rendait un peu fou. Pas parce que ça me dérangeait de l'avoir dans les parages. Au contraire, le problème était que je la voulais. Beaucoup trop.

Plus elle était là, plus elle était un mystère pour moi. Elle était tellement tendue et sur la réserve. Au départ, le défi qu'elle représentait m'avait attiré. Oh et le simple fait que dès qu'elle était dans la pièce je m'enflammais.

Je la voulais toujours, mais maintenant je voulais la comprendre. Plus je passais de temps avec elle, plus je sentais sa vulnérabilité sous-jacente. Je la regardai s'approcher encore une fois, sa langue glissant sur sa lèvre inférieure.

Oh putain. Il fallait qu'elle évite de faire des choses comme ça. Elle n'était qu'à environ un demi-mètre de moi avec ses yeux rivés sur les miens. La rougeur de ses joues s'accentua et elle jouait avec l'ourlet de son sweat-shirt entre son pouce et son index. Sans réfléchir, je tendis la main et passai ma main sur la sienne, voulant la soulager de son énergie nerveuse. Son souffle s'arrêta brusquement quand je la touchai. Bordel. Ce point de contact était comme un éclair.

« Qu'est-ce qui te stresse autant ? demandai-je, la question s'échappant spontanément.

— Je ne suis pas stressée », dit-elle rapidement.

Je n'en étais pas si sûr, mais je n'allais pas insister.

Les yeux de Lucy tenaient les miens, le bleu sombre étincelant et l'air autour de nous prêt à prendre feu. Je m'attendais à ce qu'elle s'éloigne quand je l'ai inconsciemment attrapée. Après tout, c'était Lucy, la femme qui avait rejeté toutes mes avances et taquineries comme si je n'étais rien de plus qu'un moucheron à écraser. Bon sang, si je n'avais pas eu plus confiance en moi, elle m'aurait facilement fait me sentir comme un idiot. C'était avant que je la connaisse mieux.

Ce n'était pas comme si on avait beaucoup parlé au cours des derniers jours. Le simple fait d'être près d'elle et de réaliser que son extérieur épineux était un mécanisme de défense, je pouvais voir la douceur en dessous. En dessous se trouvait une femme fougueuse et passionnée. C'est ce qui m'avait attiré vers elle auparavant. Cette proximité n'avait fait qu'accroître ma conviction que c'était qui elle était. La réponse de mon corps à elle était brute et primitive.

Je m'étais forcé à prendre du recul et à ne pas flirter comme je l'aurais d'habitude fait. Ne serait-ce que parce que je devais me tenir en laisse très serrée.

Ma prise sur cette laisse avait glissé à l'instant, avec mon réflexe de soulager son agitation maîtrisant tout le reste. Pourtant, maintenant que je l'avais à nouveau touchée, le contact était une secousse dans mon corps, me frappant au plus profond de moi-même et électrisant l'air autour de nous.

Lucy me fixa, ses lèvres entrouvertes et son souffle s'accélérant à nouveau. Putain. C'était la femme la plus sexy que j'aie jamais connue. J'essayai d'ordonner à ma main de libérer la sienne. Mais ma main n'écoutait pas. Le bleu ciel de ses yeux s'assombrit presque jusqu'au bleu marine. Je pouvais voir son pouls battre le long de la peau claire de son cou. Ses mamelons étaient tendus, et je faisais tout ce que je pouvais pour ne pas la tirer contre moi et lui arracher ce haut, pour sentir ses courbes contre moi.

Étonnamment, sa main se détendit dans la mienne. Avançant uniquement à l'instinct, je la tournai vers moi. Je ne pensais pas. Du tout. Elle était si petite, un petit paquet de courbes. En une seconde brûlante, elle se tenait entre mes genoux, son visage juste au-dessus du mien où j'étais assis. Je faillis rire. Parce que j'aimais ça chez elle, la contradiction entre sa petite taille, ses courbes délicieuses, sa personnalité fougueuse et la puissance de sa présence.

Comme je ne réfléchissais pas, je ne m'attendais certainement pas à ce qu'elle tende la main et caresse mes sourcils du bout des doigts, puis le long de ma joue jusqu'à ma mâchoire. La trace de son toucher était une ligne de feu sur ma peau.

« Je déteste avoir envie de toi, déclara Lucy, les yeux brillants.

— Pas moi, contrai-je. J'adore. »

Chapitre Dix

LUCY

Je fixai Levi, regardant sa bouche se plier en un sourire, ce qui déclencha un vrai séisme dans mon ventre. À l'intérieur, j'étais une tempête d'émotions et de besoin. Je n'avais pas pu résister à l'envie de le toucher. C'était un bel homme. Robuste et élémentaire. Mes doigts s'étaient immobilisés le long de sa barbe. Ses lèvres me faisaient signe. Si je pensais que je pouvais me maîtriser et maîtriser le besoin qui me submergeait, j'avais tort.

À la vue de son sourire dangereux, mon ventre se serra et le besoin se manifesta fermement en moi. J'avais chaud partout, si chaud que je pouvais à peine me tenir debout. Je me sentais comme de la cire fondue près de lui, le feu entre nous me dévorait, tout en me donnant envie de lui plus que je n'aurais jamais voulu qui que ce soit dans ma vie.

J'essayais de me mettre en colère, mais son sourire était irrésistible. Avant de m'en rendre compte, je souriais en retour. Sa main tenait la mienne juste à côté de ma hanche. Il relâcha sa prise, sa paume glissant sur ma hanche et enveloppant mes fesses.

« Il n'y a rien de mal à vouloir quelqu'un Lucy », déclara-t-il.

Je le savais, bien sûr. Il n'y avait absolument rien de mal à vouloir quelqu'un. Je détestais juste à quel point je me sentais hors de contrôle quand j'étais près de lui.

J'aurais aimé que mon cerveau ait une alarme incendie. J'en avais besoin, une juste pour Levi. L'alarme pourrait se déclencher et me faire savoir que je devais courir. Mais je ne pouvais pas retenir cette chaleur. Mon besoin s'était construit avec une telle intensité que je ne pouvais m'en détourner. Alors quand il me tira un peu plus près, toujours assis là – toujours torse nu, remarquez – toutes mes défenses furent anéanties.

Mon corps bourdonnait et mon intimité se contractait. Je pouvais à peine respirer et mon pouls battait si fort et si vite que j'étais certaine qu'il pouvait l'entendre.

D'une manière ou d'une autre, le fait qu'il me prépare à dîner – un acte pourtant si domestique et mondain – m'avait touchée au plus profond de moi et avait effacé mes résistances. Ma main glissa dans ses cheveux et je baissai la tête. Si j'allais faire des bêtises, autant y aller à fond. Au moment où mes lèvres rencontrèrent les siennes, je passai de chaud à brûlant. J'hésitai au point de contact. En toute honnêteté, je n'avais pas une tonne d'expérience avec les baisers. C'était trop intime, alors je les évitais autant que possible. Il était juste de dire qu'aucun homme ne m'avait époustouflée en m'embrassant. Mais Levi. Oh. Mon. Putain de. Dieu.

La main de Levi agrippa mes fesses plus fermement, me tirant contre lui. Avec lui assis sur la chaise et moi debout entre ses genoux, chaque centimètre de son torse musclé était contre moi. C'était glorieux. Je pouvais sentir sa bite dure et chaude juste en dessous du sommet de mes cuisses. Je voulais la toucher depuis toujours, semblait-il. Mon désir brûlant, brut et douloureux ne pouvait plus être contenu. Une main glissa sur son épaule musclée tandis que l'autre parcourait les plans sculptés de sa poitrine. J'ignorai mon attelle encombrante. Si Levi la remarquait même, il n'en donnait aucune indication.

C'était comme s'il attendait pour voir ce que j'allais faire. Quand je gémis sous son toucher, un grognement sourd s'échappa de sa gorge, et sa prise se resserra alors qu'il m'attirait plus près. Sa langue entra dans ma bouche, provoquant un autre gémissement de ma part. Bon sang. J'avais l'impression d'avoir attendu ce baiser depuis toujours. Ses lèvres étaient douces et agiles, sa maîtrise de notre baiser était complète. Je n'étais en aucun cas passive. Mon corps bougeait tout seul alors que ma langue s'emmêlait avec la sienne. Je ne pouvais pas m'approcher assez. Soudain, il arracha ses lèvres et se pencha en arrière.

« Lucy », dit-il, sa voix rocailleuse me faisant frissonner.

Je réussis à ouvrir les yeux, tellement abasourdie d'avoir embrassé Levi, je ne pouvais presque pas parler. Mon cœur battait fort dans mes oreilles. Je pouvais sentir l'humidité entre mes cuisses. J'étais tellement excitée que je pouvais à peine penser à quoi que ce soit d'autre.

Son regard était fixé sur le mien, son bleu intense s'assombrit en bleu marine. Le simple fait de le regarder me fit convulser au plus profond de moi. Nous nous regardions, notre respiration saccadée dans la cuisine silencieuse, le bourdonnement du lave-vaisselle était le seul autre bruit dans la pièce.

« Tu veux vraiment faire ça ? » demanda Levi.

Je déglutis, mon esprit à l'envers, mon corps une tornade de besoin, de sensations et de confusion. Je voulais dire que je n'en avais pas envie, mais je le voulais si férocement que je ne pouvais pas me résoudre à dire le contraire.

J'eus du mal à reprendre mon souffle, pendant tout ce temps je ne pouvais pas me forcer à m'éloigner de lui. Être près de lui était trop délicieux. Chaud et dur, tellement mieux que mes rêves. Et laissez-moi vous dire que ces rêves étaient déjà incroyables.

Quand je ne dis rien, il se pencha en arrière, sa main se desserrant dans mes cheveux.

« Je te demande seulement parce que tu m'as dit d'aller me faire foutre avant », dit-il sans ambages, son regard fixant le mien.

Ses mots ressemblaient à un défi. Je déglutis et me ressaisis.

« Je sais, réussis-je finalement à dire, ma voix sortant en un souffle.

— Donc tu ne vas pas me dire d'aller me faire foutre aujourd'hui ? »

Je le fixai, essayant de relancer mon cerveau. Mais mes pensées étaient difficiles à trouver. Je sentis ma tête se balancer d'avant en arrière avant de réaliser que c'était ce que je faisais. Pourtant, il ne faisait que me regarder.

« C'est toi qui choisis », dit-il doucement.

Mon cœur battait si fort que j'avais l'impression qu'il allait sortir de ma poitrine. L'envie que j'avais pour Levi était si puissante qu'elle me tiraillait, c'était une force inimaginable. Je me dis de reculer, mais je ne pouvais pas. Je ne voulais pas m'éloigner de lui.

Plutôt que des mots, je glissai ma main jusqu'à ses cheveux, emmêlant mes doigts dans ses mèches soyeuses et y plongeant ma tête. C'était étrange, aussi petite que je sois, de l'avoir assis et moi debout presque à sa hauteur. C'était comme s'il essayait de s'assurer que je faisais tout cela consciemment. C'était à la fois stimulant et hyper chiant. Parce que je voulais m'oublier, me perdre en lui et en ce moment. Puis ses lèvres étaient à nouveau sur les miennes et ses mains me rapprochaient. Ses doigts passèrent le long de la courbe de mes fesses, si près de cet endroit doux entre mes cuisses, je criai presque.

Il glissa une main sous mon sweat-shirt, la surface calleuse de sa paume envoyant des étincelles le long de ma peau tandis qu'un faible gémissement m'échappait. Je me reconnaissais à peine. J'étais frénétique, n'importe quoi pourvu que ça me fonde en lui – Levi, un homme que j'avais désespérément essayé d'éviter et de ne pas désirer.

Au fond de mon esprit, une voix murmura, me rappelant que je le voulais depuis le début et que c'était pour ça que je détestais quand il flirtait avec moi. Quelque chose dans ma première expérience sexuelle m'avait bouleversée. Ce n'était pas comme si ça avait été horrible, mais cet événement était entré en collision avec le fait que mon père me battait et ça m'avait foutue en l'air. Je n'avais pas peur du sexe. J'avais couché avec plusieurs personnes depuis ce soir-là, mais chaque rencontre était plutôt nulle. L'électricité que je ressentais avec Levi, ce bourdonnement subtil dans mon corps – comme si j'étais un diapason pour lui et lui seul – était quelque chose que je n'avais jamais ressenti auparavant.

En plus de la partie meurtrie de moi quand il s'agissait de sexe, j'étais déterminée à ne dépendre d'aucun homme. Jamais.

J'avais vu de mes propres yeux comment ça s'était passé pour ma mère. Un désastre. Mais le feu qui montait entre Levi et moi était plus fort que ma détermination à rester à l'écart. Je ne pouvais pas penser rationnellement. Mes défenses s'effondraient. Tout ce à quoi je pouvais penser était la sensation du corps dur de Levi sous mon toucher, du besoin chaud noué au sommet de mes cuisses, et quelques rêves de trop où il avait été enfoui au plus profond de moi.

Je pris vaguement conscience, à cheval sur ses genoux. Sa bite était dure et chaude contre ma chatte à travers le tissu fin de mon pantalon de jogging et le denim de son jean, si insistant, si présent, et si dur et épais.

Levi murmura mon nom alors que sa bouche se refermait sur l'un de mes mamelons, envoyant du plaisir en secousses à travers moi. Je me sentais folle. Quelque chose dans le fait qu'il dise mon nom me rendait complètement sauvage. En un scintillement, ma conscience trancha. Je réalisai ce que j'étais sur le point de faire. Je traînai mes yeux pour voir mon sweat-shirt sur le sol. Mes mamelons étaient humides de sa langue coupable. J'avais envie de lui, chaque centimètre de lui.

Surprise, je me jetai sur mes pieds et j'arrachai mon sweat-shirt au sol, le tirant par-dessus ma tête, grognant quand la manche s'accrocha dans mon attelle. Je savais que j'avais l'air d'une femme sauvage. Mes cheveux étaient ébouriffés, mes vêtements étaient à peine remis et j'étais rouge de partout.

Je regardai Levi. Il n'avait pas bougé de sa chaise. Ses cheveux dorés étaient en désordre, ses yeux sombres et ses lèvres humides. Mes yeux obstinés parcoururent son torse, atterrissant sur ses genoux où son excitation était flagrante. Je n'avais même pas réalisé que j'avais ouvert son jean. Son sexe se dessinait contre son slip noir. C'était l'homme le plus sexy que j'aie jamais vu.

J'avais besoin de foutre le camp d'ici.

« Ce n'était pas une bonne idée », dis-je brusquement.

Oh. Mon. Dieu. J'avais l'air d'une idiote folle. Levi hocha simplement la tête. Un instant, je pensai qu'il était sur le point de dire quelque chose. Je n'attendis pas. Je m'enfuis et je me précipitai dans les escaliers.

Je le fuyais lui. En claquant la porte de la chambre derrière moi, j'essayai de reprendre mon souffle.

Oh mon Dieu, je ne peux pas croire que je viens de faire ça.

À quoi diable pensais-je ?

Je passai mes mains sur mon visage et m'éloignai rapidement de la porte, la verrouillant et croisant mes bras sur ma poitrine. Je commençai à faire les cent pas en demi-cercle autour du lit. Putain, putain, putain.

J'étais mortifiée, tellement embarrassée que je pouvais à peine me calmer. Il me vint soudain à l'esprit que Levi pouvait probablement entendre mes pas effrénés. Je m'affaissai au bout du lit, plaquai mes genoux contre ma poitrine et les serrai contre moi, me fixant dans le miroir en face du lit. Je ne savais pas comment je réussis à me calmer, mais je réussis. Surtout parce que je n'avais pas d'autre choix. La pire des options était d'essayer d'affronter Levi. Je me convainquis qu'une nuit de sommeil pourrait m'aider à oublier que j'avais été à un cheveu de le baiser. Il avait été pour, à chaque étape.

Chapitre Onze

LUCY

Je tombai dans un sommeil agité, mon corps résonnant encore des échos du désir. Je me réveillai plus tard, en roulant la tête sur le côté pour regarder l'horloge. Il était juste une heure du matin et il faisait heureusement sombre. Même à la fin de l'été, les journées étaient encore longues en Alaska. Le soleil ne se couchait que vers dix heures du soir.

Je me réveillai d'un autre rêve passionné à propos de la seule et unique star de mes rêves ces dernières nuits : Levi. Ma culotte était trempée, le simple fait de bouger les jambes m'envoya une traînée de plaisir alors que j'étais allongée là, essayant de reprendre mon souffle. Je me demandais s'il était réellement possible d'avoir un orgasme en dormant. C'était à ce point. Mon corps était au bord du précipice. C'était la quatrième fois que je me réveillais d'un rêve sexuel fou et que je voulais enfouir mes doigts dans ma culotte.

Ma main valide avait son propre esprit, et en quelques secondes, mes doigts passaient entre mes cuisses. J'eus le souffle coupé à la rencontre de mon humidité glissante, et mes hanches se cambrèrent sous mon propre contact. Mais ce n'était pas suffisant. Et je le savais. Je ne voulais pas être une lâche. Plus que cela, je voulais Levi avec une telle férocité, que je ne pouvais plus le nier.

Je repoussai les draps et me levai. Mon esprit était encore perdu dans le sommeil et presque délirant de besoin. Je ne portais rien d'autre qu'un t-shirt en coton fin et une culotte. Je me précipitai hors de ma chambre et me dirigeai vers l'autre côté du couloir.

Levi dormait avec la porte entrouverte. En me glissant dans sa chambre, une ombre passa devant mes pieds et je réalisai que c'était Ham. C'était un petit hamster plutôt aventureux. Même sa présence ne me sortit pas de mon état. J'allais aller au bout et sortir Levi de mes pensées.

Je me dirigeai vers le côté du lit de Levi, baissant les yeux. Il était sur le dos, un de ses bras jeté au-dessus de sa tête. Les draps étaient serrés sur sa taille. Je me demandai fugitivement s'il faisait des rêves comme les miens.

Rampant sur le lit à côté de lui, je fis courir mes doigts sur sa poitrine. Je n'attendis pas, mon corps était trop chaud. À cheval sur lui, je manquai de grogner à haute voix en découvrant que sa bite était déjà dure. Ma culotte trempée et le drap fin qui le recouvrait étaient les seules choses entre nous. Ma chatte palpitait sachant à quel point j'étais proche d'enfin obtenir ma libération.

Je sentis quand il sortit de son état de demi-sommeil, son corps se tendit légèrement avant qu'il ne bouge et qu'il saisisse légèrement mes hanches.

« Lucy ? murmura-t-il, la voix rauque du sommeil.

— C'est moi », répondis-je en sentant un sourire se former sur mes lèvres.

Je devais admettre que ça me faisait plaisir de le

réveiller comme ça. Un peu trop. Je ne voulais pas en parler.

Je fis rouler mes hanches et me penchai en avant jusqu'à ce que je sois à environ un centimètre de ses lèvres. Mes yeux s'étaient adaptés à l'obscurité à ce stade. Il y avait une veilleuse dans sa chambre, projetant une douce lueur sur le lit. Il avait mentionné à un moment qu'il laissait des veilleuses dans toute la maison parce qu'il avait failli marcher sur Ham une nuit. À ce moment précis, j'en étais contente car il y avait juste assez de lumière pour que je puisse voir le désir reflété dans son regard.

« J'ai changé d'avis, dis-je.

— À propos de quoi ?

— Sur le fait que ce soit une erreur. Je déteste toujours avoir autant envie de toi. Mais je te veux. »

Ses mains se resserrèrent sur mes hanches, glissant autour de mes fesses. Mes hanches roulèrent d'ellesmêmes par réflexe alors qu'un faible gémissement m'échappa. Je ne pouvais pas m'en empêcher. J'étais si proche de l'explosion.

« Je ne déteste pas que tu me veuilles », murmura-t-il.

Sa voix bourrue et endormie était si sexy qu'elle m'envoya un frisson brûlant.

« Ce n'est pas une erreur non plus », ajouta-t-il.

Puis ses mains glissèrent le long de mon dos, mon haut s'accrochant à ses poignets alors qu'il le passait par-dessus ma tête. Il faisait attention à mon bras, ce qui m'agaçait un peu. Je ne voulais pas avoir à m'inquiéter de ça, et ça ne faisait pas mal. Mais j'étais trop excitée et trop hors de moi pour penser à autre chose qu'à le déshabiller complètement et à l'enterrer en moi. Mon besoin de l'avoir en moi était si fort, je savais que je ne serais pas comblée tant qu'il ne serait pas enfoncé au plus profond de moi.

Tout était flou. Ses mains et sa bouche étaient partout. Oh, et il dormait nu. C'était une agréable surprise. Mes seins étaient lourds et douloureux, mes mamelons si tendus qu'ils me faisaient mal. Il me taquina à la folie, faisant rouler ses pouces sur mes mamelons, sa bouche léchant l'un puis l'autre, ses dents les marquant légèrement. Quand je m'impatientai et que j'essayai de repousser le drap, il rit.

« Oh non, on ne va pas se précipiter. »

Il nous fit pivoter et s'allongea à côté de moi. Je tournai la tête sur le côté pour attirer son regard.

« C'est pas ce que je veux. »

Son rire était doux contre ma peau alors que ses lèvres glissaient le long de mon cou et taquinaient mes mamelons, prenant son temps.

« Oh, on va refaire ça ? » murmura-t-il.

Je ne savais pas ce qu'il y avait de si particulier chez lui, mais tout n'était que préliminaires. Même ses mots.

« Refaire quoi ? m'étouffai-je alors qu'il cartographiait mon corps avec sa bouche.

— Tu vas me dire que c'était une erreur et t'enfuir. »

Je secouai vivement la tête.

« Non. J'ai un objectif en tête. »

Son rire envoya des étincelles le long de ma peau, la griffure de sa barbe sur mon ventre me rendait folle.

« Toujours pressée, n'est-ce pas ? »

Je ne saurais dire pourquoi, mais j'étais à l'aise. J'étais prise dans ce moment avec lui et n'avais pas envie de laisser ma conscience le gâcher. Alors je ris, et puis il déposa des baisers entre mes cuisses. Il écarta mes genoux, puis sa bouche passa sur la partie la plus intime de mon corps.

J'agrippai ses cheveux et je m'accrochai à la vie. Il fit l'amour à ma chatte avec sa bouche. Taquinant mes plis avec sa langue, tourbillonnant autour du bouton brûlant de mon besoin et enfouissant ses doigts dans mes entrailles. Son toucher était tellement meilleur que le mien. Je perdis le sens de tout, mais la sensation de ses doigts entrant et sortant de mon canal et de sa langue me rendait folle.

Il agrippa ma hanche d'une main alors que je me précipitais contre lui, poursuivant cette douce libération. Il enfonça ses doigts profondément une fois de plus et suça mon clitoris. Le plaisir commença doucement puis se déchaîna, traversant violemment mon corps. La force de mon orgasme fut si intense que j'étais presque endormie au moment où il recula. Ses doigts étaient toujours enfouis au plus profond de moi quand je sentis son regard.

« Lucy. »

———

Quand Levi prononça mon nom, sa voix fit vibrer mon corps en un accord majeur, qui résonna le long du bord de mon cœur. J'étais trop emmêlée et trop perdue dans le besoin pour me permettre de m'y attarder. Pendant un instant, ça me fit peur. Il avait atteint une partie de mon cœur que je n'avais jamais voulu dévoiler. Mais je ne pouvais pas détourner le regard.

Au moment où il prononça mon nom, j'ouvris les yeux pour le trouver en train de s'élever au-dessus de moi. Chaque centimètre de son corps était chaud, dur et à couper le souffle. Même si je venais d'avoir l'orgasme le plus explosif que j'aie jamais eu avec un homme, ce n'était pas suffisant. Ce ne serait pas suffisant tant qu'il n'était pas en moi.

Même si je n'arrivais pas à former des mots, mon corps savait ce qu'il voulait. Mes jambes s'enroulaient autour de ses hanches pour le rapprocher. Je trouvai mes mots quand il roula sur le côté.

« Où vas-tu ? » murmurai-je en essayant de bloquer son mouvement avec une de mes jambes.

Il gloussa, son rire bas envoya des papillons dans mon ventre. Il tendit la main vers sa table de chevet, et une seconde plus tard, il enfilait un préservatif et se tournait à nouveau vers moi. J'avais complètement dépassé mon embarras de le vouloir désespérément. Ça ne servait à rien de le cacher. Peut-être qu'une fois suffirait, et je pourrais arrêter de rêver et de fantasmer sur lui. Ses mains glissèrent le long de mes côtes, attrapant mes mains dans les siennes et les étirant au-dessus de ma tête.

Il me vit lever les yeux au ciel alors qu'il faisait attention à mon poignet blessé.

« Qu'est-ce qu'il y a ? demanda-t-il, un sourire taquin au coin des lèvres.

— Je ne suis pas en sucre. D'autant plus que... »

Je m'arrêtai et remuai ma main dans la sienne.

« ... j'ai une attelle. C'est bon. »

Il soutint mon regard, ses yeux s'assombrissant.

« Fais avec. »

Ses coudes reposaient sur mes épaules. Encadrant mon visage, il relâcha une de mes mains. En repoussant mes cheveux en arrière, il soutint mon regard. Le moment était si intense et si intime, je me sentais nue de plus d'une façon. Pourtant, je me promis que je ne serais pas lâche, alors je ne détournai pas le regard.

« C'est maintenant qu'il faut me dire d'arrêter », dit-il d'une voix grave.

J'étais tellement foutue.

Il suffisait qu'il parle, et je fondais encore plus. Je me sentais comme de la cire liquide à l'intérieur, chaude et souple. Tout ce que je savais, c'est que j'avais besoin de lui à l'intérieur de moi. J'avais besoin d'être aussi proche de lui que possible. Ma chatte serrée, mon cœur palpitant, je voulais plus.

J'enroulai mes jambes autour de ses hanches et le rapprochai, mais il tint bon. Je devais y faire face, il était bien plus fort que moi. Peu importe à quel point je voulais qu'il obéisse, je ne pouvais pas l'y forcer. Sa bouche s'est accrochée en un sourire, me livrant un nouveau lot de papillons dans l'estomac.

Son regard se calma.

« Je suis sérieux. Si tu n'es pas sûre, dis-le-moi. »

Mon cœur battait dans ma poitrine, fort et vite, et je déglutis contre la vague d'émotions qui me berçait. Tout d'un coup, tout ça me semblait bien plus réel que tout ce que j'avais jamais vécu. J'étais loin d'essayer de prétendre que je n'avais pas envie de coucher avec lui. Face à ce qui venait de se passer, j'aurais l'air d'une grosse grosse menteuse.

Alors je soutins son regard.

« Je sais. Je ne veux pas m'arrêter. »

Pendant un moment, Levi resta silencieux et immobile, puis il ajusta l'angle de ses hanches et se balança contre moi. Sa bite, chaque centimètre dur et épais de son membre, glissait à travers mes plis lisses. Peu importe que je vienne de jouir sur son visage, j'étais déjà à nouveau au bord du gouffre. Il n'était pas du genre à être pressé. Je compris vite ça chez lui.

Ce n'est que lorsque je gémis son nom et que je le caressai à nouveau qu'il recula enfin, ajusta l'angle, puis commença à glisser en moi. Il bougea lentement, comme s'il craignait d'être trop brutal. J'admettrais que ça faisait assez longtemps que je n'avais pas couché avec qui que ce soit pour être serrée, plus serrée que ce à quoi je m'attendais. Ce n'était pas douloureux, mais… Eh bien, j'étais serrée, et il était large.

Ses mots se brouillaient.

« Lucy, c'est tellement bon. »

Il attrapa mes lèvres dans un baiser alors qu'il restait immobile à l'intérieur de moi pendant quelques instants. Je pouvais sentir les battements de son cœur contre ma poitrine. Sur les talons d'un souffle, il s'affaissa jusqu'à la garde, s'installant profondément.

Il recula, ses yeux croisant les miens. C'était presque trop. Nous étions aussi proches que possible pour deux êtres humains. Je ne pouvais pas dire à quoi je m'attendais parce que je ne m'attendais à rien. Je ne m'étais pas autorisée à y penser. C'était seulement quelque chose qui existait dans mes rêves. C'était si réel, si intense et tellement mieux que mes rêves. Je me balançai contre lui alors que mon corps se détendait, s'adaptant à l'étirement délicieux provoqué par son membre.

Il se déplaçait lentement au début. Il me surprenait à bien des égards. Je m'attendais à un gars fun au lit. Je n'étais pas préparée à la façon dont il savourerait chaque centimètre de mon corps, à la façon dont il ferait attention à mon bras, à mon corps et à la façon dont il me traiterait comme si j'étais délicate, tout en étant un peu dur et cochon.

Une fois que je commençai à me balancer sans relâche contre lui, me cambrant et glissant ma main valide dans son dos, mes ongles le marquant, il ne se retint plus. Ça devint rapide et puissant parce que c'était ce dont j'avais besoin. Mon désir était si fort, et mon besoin était si profond.

« Putain, Lucy. Calme-toi, marmonna-t-il. Je ne veux pas te faire mal. »

Mes yeux s'ouvrirent brusquement.

« Tu ne me fais pas mal. Levi, s'il te plaît, juste... »

Comme je ne pouvais pas trouver les mots, je me balançai contre lui. Il répondit avec son corps, reculant et déferlant profondément en moi. Je ne pouvais pas détourner le regard, même si je le voulais. Enfermée dans ses yeux bleu marine, la pression s'accumula à l'intérieur, comme une vague qui s'enroulait sur elle-même. Il passa son bras entre nous. En faisant tourner ses doigts sur mon clitoris, la vague atteignit son sommet et je m'effondrai à l'intérieur, mon orgasme s'écrasant en moi. Je sentis mon corps se contracter et j'entendis de loin ma voix appeler son nom, sentant ses yeux sur moi alors qu'il appelait le mien avant de s'effondrer sur moi.

Nous étions allongés là, peau contre peau, battement de cœur contre battement de cœur, alors que nous reprenions notre souffle. Je ne me souvenais pas m'être endormie. Pourtant, je me réveillai dans la nuit, au chaud et détendue. Levi était recroquevillé derrière moi, sa paume posée sur mon ventre. Je me dis que je devais me lever, mais je ne pouvais pas.

Chapitre Douze

LEVI

La lumière du petit matin filtrait à travers mes fenêtres. J'avais oublié de fermer les rideaux hier soir. Inutile de dire que j'étais allé me coucher incroyablement frustré. Je n'avais pas eu envie de m'occuper tout seul. Avec Lucy juste à côté, je savais que ce serait tout simplement insatisfaisant. Puis elle m'avait pris complètement par surprise.

Mon esprit revenait à la nuit dernière. J'étais recroquevillé derrière elle et je m'étais réveillé avec une érection. Logique. J'avais peut-être trouvé une libération hier soir, mais ce que je pensais être une partie de jambes en l'air marrante avait été bien plus.

Au lieu de satisfaire mon appétit, ça n'avait servi qu'à l'aiguiser davantage. Lucy, si petite soit-elle, était un paquet de courbes. Avec ses fesses pulpeuses pressées contre ma bite et un de ses seins en coupe dans ma paume, il était impossible pour mon corps de ne pas répondre. Elle était profondément endormie, sa respiration régulière. Ça ne m'aurait pas surpris de m'être réveillé seul, et qu'elle soit partie depuis longtemps. En fait, j'étais légèrement surpris que ce ne soit pas le cas.

Je décidai de faire exactement ce que je voulais et de ne pas trop y penser. Alors je touchai son mamelon, souriant quand il se durcit sous mon toucher, et je glissai ma main sur son ventre et la courbe de sa hanche pour plonger entre ses cuisses. Elle était douce et chaude, ses jambes bougeaient dans son sommeil pour me donner accès. Je posai des baisers le long de la courbe de son cou. Mince. Elle était si douce, sucrée avec un soupçon de sueur. Sa personnalité pouvait être très piquante, mais la douceur qu'elle cachait était une telle surprise que mon cœur se serra.

J'entendis son souffle se couper au moment où je glissais mes doigts dans ses boucles et dans ses plis. Je la trouvai chaude, mouillée et prête. Je ris presque parce qu'elle me donnait envie de la taquiner même si je savais qu'elle n'apprécierait pas. Elle se tendit légèrement, puis je fis glisser mon pouce sur son clitoris. Elle soupira, laissant échapper un petit gémissement.

Les sons que Lucy faisait ? Paradisiaques, putain. C'était une femme expressive. Je savais qu'elle n'hésitait jamais à dire à qui que ce soit ce qu'elle pensait, quel que soit le sujet. Voir ce côté d'elle quand elle était folle de besoin aurait pu me tuer.

Je ne pus retenir mon sourire quand son souffle s'interrompit à nouveau alors que j'enfonçais un doigt, bien profond, dans son intimité. Je savais bien qu'elle n'était pas vierge, mais elle était assez serrée la nuit dernière, ça ne me surprendrait pas d'apprendre que ça faisait longtemps qu'elle n'avait pas fait ça. Je me demandai si elle avait mal et me demandai si je devais vérifier. Elle gémit à nouveau, ses hanches roulant entre mes doigts, et j'oubliai tout le reste. Je savais ce que je voulais.

La goûter.

Donc, avec mes doigts toujours enfouis entre ce point doux au sommet de ses cuisses, je déplaçai mon poids et la fis rouler vers moi avec ma main libre. Oubliant presque un instant l'attelle sur son poignet, je m'arrêtai quand elle me rentra dedans. Levant la tête après avoir fait glisser ma langue sur la courbe de son épaule, je la regardai.

« Ça va ? » demandai-je.

Ses yeux s'ouvrirent, accrochant les miens et me coupant le souffle, faisant battre mon cœur jusque dans mes côtes. Merde. Ses yeux étaient tellement magnifiques. Son regard bleu ciel, brumeux de sommeil et de désir, altéré par les battements de paupières pour éviter le soleil qui traversait les vitres, faisait battre mon cœur à toute vitesse. J'étais tellement foutu. Elle me tenait par les couilles, et elle ne le savait même pas. Ses yeux se plissèrent et elle me fixa.

Parfait, putain de parfait. J'adorais quand elle était un peu agacée. J'admettrais volontiers que son côté fougueux jouait un grand rôle dans mon attirance pour elle. Oh, je n'étais pas assez stupide pour nier qu'elle était magnifique. Parce qu'elle l'était. Mais j'adorais la façon dont elle se tendait et à quel point elle était sarcastique. J'adorais la contradiction dans la façon dont, d'un coup d'œil, on pourrait penser qu'elle était fragile et puis quand elle ouvrait la bouche, on découvrait le contraire.

« Ça va », dit-elle.

Elle voulait sans doute utiliser un ton agacé, et ça l'était un peu. Mais son regard avait l'air essoufflé. Alors que je retirais mes doigts et les enfonçais à nouveau en elle, sa chatte se serra et ma bite durcit encore plus.

« Bon à savoir », dis-je, ne prenant même pas la peine de cacher mon sourire.

Je me déplaçai rapidement, déposant des baisers sur le corps de Lucy et amenant mes lèvres sur son centre. Elle avait un goût salé et sucré, sa mouille était comme du miel et du musc. Je n'étais jamais rassasié. Toujours en train de la baiser avec mes doigts, je me mis à la taquiner à la folie avec ma langue. J'aurais pu faire ça pendant des heures, mais elle jouit rapidement dans une rafale bruyante, son canal se serrant autour de mes doigts. Je me levai et roulai rapidement hors du lit, la soulevant dans mes bras et me penchant pour attraper un préservatif dans le tiroir que j'avais laissé ouvert la nuit dernière.

Elle cogna ses talons contre mes cuisses.

« Qu'est-ce que tu fais ? » demanda-t-elle.

Mais ensuite, elle gloussa et mon cœur se serra à nouveau.

Lucy m'excitait, de tant de manières et à tant de niveaux. Je ne m'attendais pas à hier soir. En fait, je m'étais même résigné à la réalité que rien de tel n'arriverait jamais avec elle. Avoir la nuit dernière, se réveiller et pouvoir l'embrasser et la faire rire pendant que je la portais vers la douche, eh bien, c'était sacrément divin.

« On a besoin d'une douche », dis-je en ouvrant l'eau avec mon coude.

Dès que la vapeur commença à envahir la pièce, j'entrai dans la douche.

« Hé, je dois enlever mon attelle. »

Je reculai rapidement, la tenant toujours dans mes bras. Parce qu'honnêtement, je ne voulais pas la lâcher. Je l'aidai rapidement à l'enlever, la déposant soigneusement sur le comptoir près de l'évier. Ses yeux sur les miens, elle demanda :

« Tu prévois de me poser à un moment ?

— Dans une seconde. »

Dès qu'on entra dans la douche, je la posai pendant que j'enfilais rapidement le préservatif avec ma main maintenant libre. Elle commença à se retourner, mais je glissai mes mains sur ses fesses pulpeuses. Sans un autre mot, elle comprit le message. Ses paumes aplaties contre le mur carrelé, elle arqua son dos avec son cul luxuriant s'inclinant vers moi. Je n'eus pas besoin de vérifier si elle était prête parce que je savais à quel point elle était mouillée. Je glissai mes doigts entre ses douces fesses, les écartant puis positionnant ma bite à son entrée.

Je me tins immobile un instant, mon sexe dur comme la pierre et me poussai d'avant en arrière dans ses plis. Elle gémit et je commençai à glisser à l'intérieur. Son corps se tendit légèrement et je m'arrêtai.

« Trop vite ? Est-ce que ça va ? »

Lucy regarda par-dessus son épaule, ses cheveux dorés maintenant humides et ses yeux brillants. Elle secoua vivement la tête.

« Oh bon sang ! Ça va. »

Comme si elle insistait, elle remua ses fesses et s'appuya contre moi, amenant ma bite jusqu'au fond.

Je laissai échapper un faible grognement, me perdant dans sa sensation. J'avais l'intention de faire durer le moment, de le faire traîner, mais je ne pouvais pas. Pas alors qu'elle roulait ses hanches à chaque coup, pas avec sa chatte palpitante qui se serrait autour de ma bite. Avant que je le sache, ma libération tonnait à travers mon corps, une chaleur partant de la base de ma colonne vertébrale et de mes couilles. Je tendis la main, plongeant mes doigts dans ses boucles et les faisant tourbillonner sur son clitoris. Elle cria, son canal absorbait ma libération alors qu'elle rugissait à travers moi. Mes genoux faillirent céder à la force de mon orgasme.

Heureusement qu'il y avait un mur à côté de moi. Ma paume claqua contre la surface alors que j'agrippais sa hanche avec mon autre main. Je me soulevai, essayant de reprendre mon souffle et me tenant à elle alors que je reprenais lentement mes esprits.

Lorsque le tonnerre de mon pouls se calma et que ma respiration se ralentit, il me vint à l'esprit que je ne voulais pas bouger. Je mourrais en homme heureux si je pouvais rester enterré à l'intérieur de Lucy pour toujours.

Pas de chance. Elle jeta un coup d'œil par-dessus son épaule, un sourire au coin de sa bouche.

« Eh bah, c'était rapide », dit-elle.

Je ne pus m'empêcher de rire.

« C'est de ta faute. »

Toujours enfoui en elle, je regardai ses yeux s'élargir légèrement.

« Pourquoi ? » demanda-t-elle.

Je relâchai ma prise sur sa hanche et glissai à nouveau mon pouce sur son clitoris, taquinant les plis de sa chatte juste au-dessus de l'endroit où ma bite la remplissait.

Elle gémit, son canal se serra à nouveau.

« C'est trop bon. Tu es trop agréable », dis-je pour insister.

Ses joues s'empourprèrent et elle détourna le regard. Ayant retrouvé mon équilibre, j'ai glissé ma paume vers le bas de sa colonne vertébrale, glissante de l'eau qui coulait sur nous. Réalisant que je ne pouvais pas rester enfoui en elle pour toujours, peu importe à quel point je le voulais, je reculai lentement. Je me débarrassai rapidement du préservatif, passant le bras hors de la douche pour le jeter dans la poubelle près du lavabo.

Quand je me retournai, elle était déjà en train de se savonner. Je la regardais alors que les bulles de savon roulaient sur sa peau et son corps luxuriant rougi par la vapeur, et ma bite se contracta. C'était incroyable, mais je pourrais probablement recommencer. Pourtant, je sentais que nous étions déjà allés trop loin et trop vite, bien au-delà de ce que Lucy avait toujours voulu avec moi.

Alors j'essayais de contenir la folie qu'elle me faisait ressentir. On se doucha, on se sécha, on s'habilla, puis je préparai le petit déjeuner. J'étais stupéfait qu'elle ne soit pas partie plus tôt. Je dus même partir en premier lorsqu'un appel arriva de la caserne. Je lui proposai de l'emmener, mais elle secoua la tête.

Juste au moment où j'étais sur le point de descendre les marches vers ma voiture, je me retournai par réflexe vers elle. L'envie de l'embrasser était puissante, un courant auquel je ne pouvais presque pas résister. Mais je sentis son retrait et je me retins.

———

J'allai travailler ce jour-là, Lucy remplissant mes pensées chaque fois que j'avais un moment libre. Plus tard dans l'après-midi, on reçut un appel pour un incendie qui était de nouveau devenu incontrôlable dans une étendue de forêt non aménagée à proximité. Nous avions été confrontés à cet incendie par intermittence tout l'été. Ça arrivait souvent en Alaska. Il y avait tellement d'étendues de forêt non développées que les incendies pouvaient redémarrer une fois que nous les avions maîtrisés. Le vent et d'autres variations météo pouvaient les ranimer.

Mon équipe, ainsi que celle de Cade, avaient répondu. Ce fut une longue après-midi à créer un nouveau pare-feu. Un groupe de randonneurs avait décidé que les règles d'interdiction de feu de camp établies pour cette région ne s'appliquaient pas à eux, puis le vent avait de nouveau tourné.

Lorsqu'on rentra à la caserne tard dans la soirée, j'étais affamé, sale et épuisé, comme toute mon équipe. Après une douche rapide, je sortais dans la zone arrière quand je vis Amelia attraper Cade pour un câlin. Ça n'avait rien d'inhabituel. En fait, un après-midi comme celui-ci était normal pour des pompiers dans nos positions. J'étais bien habitué à voir mes collègues accueillis par leur famille à la fin d'une longue journée, ou quand on rentrait en avion après des semaines passées dans la nature à combattre les incendies.

La nuit d'hier et quelque chose à propos de Lucy me faisait souhaiter qu'elle soit là à m'attendre. Je secouai la tête. J'aurais déjà de la chance si elle n'avait pas fait ses valises et quitté ma maison cet après-midi sans me le dire. Je me promenais, saluant Amelia après que Cade se fut éloigné. Il y avait plusieurs gars qui se prélassaient autour de la table de la salle de pause.

Cade appuya ses hanches contre la table et bavarda.

Amelia attira mon attention.

« Heureusement que tu peux accueillir Lucy en ce moment.

— Oh ? contrai-je.

— Ben ouais. On vient d'apprendre que la chaudière qu'on veut est en rupture de stock, donc il faut encore trois semaines. On l'a déjà payée. Si on essaie d'en commander une autre, l'attente pourrait être encore plus longue, on campe donc encore chez les parents de Cade. Lucy n'a toujours pas trouvé d'appart à louer. C'est la pire période de l'année. Honnêtement, le début de l'été est plus simple. Parce qu'au moins, elle pourrait peut-être négocier une location d'été. Mais en ce moment, tout le monde est complet », expliqua Amelia.

Je hochai la tête, repoussant l'envie de sourire. Amelia ne pouvait pas savoir à quel point j'étais heureux de cette nouvelle. Parce que j'espérais tellement plus avec Lucy que ce que j'avais eu hier soir et ce matin. Mais je ne savais pas ce que Lucy avait dit à Amelia à propos de nous, si elle avait dit quoi que ce soit. J'avais assez de bon sens pour ne rien dire à ce sujet.

Avec un haussement d'épaules, je répondis :

« Elle est la bienvenue aussi longtemps qu'elle en a besoin. Je n'arrête pas de lui dire que je ferais la même chose pour n'importe quel ami. »

Beck Steele sortit du vestiaire.

« Salut, superhéros », dis-je.

Beck avait gagné ce surnom après qu'une femme âgée qu'il avait sauvée lui eut dit que son nom sonnait comme le nom d'un superhéros.

Beck leva les yeux au ciel.

« Je ne suis pas un superhéros. Si j'en suis un, on l'est tous.

— Wildlands, les gars ? » demanda Cade, ses yeux balayant le groupe.

Ce que je voulais faire, c'était appeler et voir si Lucy voulait nous rejoindre, mais je savais que c'était peut-être aller trop loin. Je savais aussi que ça pourrait paraître suspect si je disais non parce que j'allais presque toujours boire une bière et dîner avec les équipes. Alors je hochai la tête. D'autres voix se firent entendre et on alla tous à Wildlands, notre bar de prédilection local et un lieu très touristique.

J'attirai l'attention d'Amelia alors qu'elle montait dans la voiture à côté de la mienne.

« Tu viens aussi ? »

Elle acquiesça.

« Ouais. Lucy et Maisie y sont déjà, et Susannah est en route. »

Je gardai un ton décontracté, même si je m'enflammais à l'intérieur.

« On se voit là-bas. »

Au moment où je fus seul dans mon pickup et que j'avais démarré le moteur, je souris. Je ne voulais peut-être pas trop y réfléchir, mais j'avais peur que Lucy trouve un moyen de m'éviter. Ce soir, elle ne pourrait pas.

Chapitre Treize

LUCY

Je m'adossai à ma chaise, jetant un coup d'œil dans le Wildlands. Le Wildlands était le lieu de prédilection des habitants et des touristes. Il était situé sur les rives du lac Swan, la pièce maîtresse de Willow Brook. Grâce à son emplacement idéal, l'hôtel proposait ses propres services d'hydravions, transportant des touristes dans toute la nature sauvage de l'Alaska. Les chasseurs, les randonneurs, les pêcheurs, les touristes, les écotouristes et bien plus encore venaient ici pour passer un bon moment et s'envoler vers des contrées lointaines. Le bar était occupé toute l'année, et ce soir ne faisait pas exception. Susannah et moi étions arrivées avant le reste de nos amis et avions pris une table juste à côté des fenêtres.

Pendant que Susannah répondait au téléphone, je regardais le lac Swan. Comme la plupart de l'Alaska, la vue était spectaculaire. La rive opposée du lac faisait environ un kilomètre de large. Bouleau et peuplier mélangés à de l'épinette le long du rivage. D'un côté, le lac s'étendait dans un champ marécageux ouvert. Un groupe d'orignaux se tenait dans le champ ce soir, grignotant des aulnes. De l'autre côté, les arbres s'épaississaient en une forêt principalement d'épicéas, qui s'étendait jusqu'aux contreforts de la chaîne de l'Alaska.

Les couchers de soleil longs et lents étaient typiques des étés en Alaska. Ce soir, le ciel était une aquarelle de roses, de violets et de doux rayons d'or argenté. Le soleil était une boule orange qui disparaissait dans le ciel, avec juste sa courbe supérieure encore visible au-dessus de l'horizon. Face au soleil, la lune se levait, un demi-croissant dans la lumière vaporeuse du crépuscule. Une volée de cygnes trompette flottait dans le lac. Ils étaient les homonymes de ce lac. Les cygnes élégants flottaient dans la lumière rose projetée sur le lac.

Le bourdonnement d'un hydravion résonnait au loin alors qu'il approchait du lac. Je regardais alors qu'il effectuait un amerrissage en douceur, laissant des ondulations à travers l'étang et effrayant les cygnes qui flottaient à la surface. Je me retournai pour regarder Susannah quand elle raccrocha son téléphone.

« C'était quoi ? » demandai-je lorsqu'elle jeta un regard noir sur le téléphone à priori inoffensif à l'endroit où elle l'avait posé sur la table.

Susannah repoussa ses cheveux blond fraise en arrière, les glissant derrière ses oreilles. Elle était sapeur-pompier, tout comme Levi. Même si elle faisait partie d'une équipe différente, elle aidait souvent les équipes de Levi et Cade en cas de besoin. Cet après-midi, tous les équipages sauf un avaient dû faire face à un incendie à la périphérie de la ville. Je résistai à l'envie de poser des questions sur Levi. Ma curiosité à son sujet était un effet secondaire que je commençais à trouver ennuyeux. Je n'aimais pas à quel point il accaparait mes pensées, mais je ne pouvais pas arrêter de penser à lui.

Susannah but une gorgée de bière avant de répondre. Au premier coup d'œil, on dirait que c'est une dure à cuire. Elle était musclée, forte et charmante, presque d'une manière attachante. Avec ses cheveux blond fraise bouclés, ses grands yeux bleus et ses joues couvertes de taches de rousseur, elle était plutôt jolie. Malgré sa délicatesse féminine, j'avais entendu dire par les gars qu'elle était considérée comme l'une des plus intrépides de leurs équipes.

Après un autre regard vers le téléphone, elle haussa les épaules.

« C'était Ward.

— C'est qui Ward ?

— Je me suis entraînée avec Ward pour ma formation hotshoten Californie, expliqua-t-elle.

— D'accord, et pourquoi es-tu en colère contre ton téléphone ? »

Elle leva les yeux au ciel.

« Je ne sais pas pourquoi il m'appelle. On est un peu sortis ensemble.

— Qu'est-ce que ça veut dire un peu ? » contrai-je.

Les joues de Susannah s'empourprèrent.

« Un peu.

— Vous étiez ensemble ? Il a l'air d'être important, sinon tu ne serais pas de cette humeur juste parce qu'il t'a appelée. »

Le regard noir de Susannah s'aiguisait vers moi maintenant.

« Ce n'était vraiment rien. Honnêtement, si je devais lui donner une étiquette, je dirais que c'était un coup d'un soir. C'est rien.

— Un coup d'un soir, c'est pas rien. Je veux dire, ce n'est pas grand-chose, mais rien ne serait, eh bien, rien. »

Ça me valut un autre regard.

« Oh, ne t'avise pas de me faire la morale sur des mecs, dit-elle en riant.

— Comment ça ? » demandai-je, essayant et échouant à ne pas prendre un ton défensif.

Susannah appuya son menton dans sa main, plissant les yeux.

« Tu es un peu anti-hommes. »

La défensive augmenta en moi, mais je résistai.

« Je ne suis pas anti-hommes, protestai-je.

— Alors, comment se fait-il que tu ne sortes jamais avec qui que ce soit ? »

Je pris une longue gorgée de ma bière et la regardai. L'espace d'un instant, je voulais lui parler de Levi, mais ça m'apporterait une foule de questions auxquelles j'étais loin d'être prête à répondre.

« Je ne suis pas anti-hommes. Je ne sors pas très souvent c'est tout, réussis-je à dire, m'efforçant de garder mon ton décontracté. Pourquoi ce type t'appelle-t-il maintenant ? Quand est-ce que tu lui as parlé pour la dernière fois ? »

Susannah pencha la tête sur le côté, tambourinant des doigts sur la table.

« Pas depuis ma formation.

— Et c'était il y a combien de temps ?

— Quatre ans, dit-elle simplement

— Et il appelle maintenant parce que...? »

Ses joues rougirent, et elle leva sa bière, soupirant quand elle découvrit qu'elle était vide.

« Parce qu'il vient d'accepter un poste à Willow Brook. Dans mon équipe, ajouta-t-elle.

— Oh. Eh bien, si cette aventure d'un soir n'était rien, pourquoi ça t'importe ? »

Je n'allais pas le dire à haute voix, mais mes questions s'adressaient autant à moi qu'à elle. À partir d'aujourd'hui, je pourrais dire que j'avais eu une aventure d'une nuit avec Levi. J'avais passé la majeure partie de la journée à me disputer mentalement avec moi-même sur ce que ça voulait dire.

« Parce qu'il se pourrait que ça ait été le meilleur coup de ma vie », dit-elle finalement, son embarras de plus en plus visible.

Elle n'aurait pas pu savoir que ce petit commentaire renvoya instantanément mes pensées vers la nuit dernière et ce matin avec Levi. Les deux fois où j'avais couché avec Levi avaient été les meilleures que j'aie jamais eues. Rien que d'y penser m'excitait.

« Donc, comme ce n'était qu'une aventure d'un soir, est-ce que les choses sont devenues bizarres ou... ? »

Susannah secoua la tête.

« C'est arrivé la veille de mon retour ici », expliqua-t-elle, se penchant en arrière sur sa chaise et faisant signe à la serveuse qui se frayait un chemin à travers les tables avec un plateau.

Susannah me regarda, les sourcils froncés d'inquiétude. Je ressentis une pointe d'empathie, quelque chose que je n'aurais probablement pas ressenti avant la nuit dernière.

« Eh bien, ce sera peut-être une bonne chose qu'il déménage ici », proposai-je.

Les yeux de Susannah se plissèrent.

« Comment ça peut être une bonne chose ? C'est compliqué pour les gens d'une même équipe de sortir ensemble. Alors j'espère juste... »

Elle s'arrêta et agita la main d'avant en arrière, cherchant ses mots.

« ... que tout ce qu'il y avait entre nous a disparu.

— Euh, d'accord... » commençai-je avant de m'arrêter.

Susannah était généralement directe et claire. Je n'avais pas l'habitude de la voir s'embrouiller à propos de quelque chose, ou plutôt de quelqu'un, comme ça. Bizarrement, ça me réconfortait. Quand je m'étais permis d'être honnête avec moi-même, je pouvais admettre que je détestais, détestais vraiment, ne pas avoir le contrôle. Levi m'enlevait définitivement tout contrôle. Je me secouai mentalement et forçai mon attention à revenir à Susannah.

« Peut-être que tu as encore des sentiments, sinon tu ne serais pas dans cet état ? » proposai-je finalement.

La serveuse arriva à notre table. Susannah commanda rapidement une bière, se retournant vers moi alors que notre serveuse se précipitait.

« D'accord, donc je suis dans un état bizarre, mais je ne l'ai pas vu depuis quatre ans, alors peut-être que ce n'est rien. Revenons à toi. Tu ne t'intéresses jamais aux gars. En fait, je t'envie », dit-elle sans détours.

La tension s'enroula en moi. J'avais été tendue toute la journée. Je ne pouvais pas m'empêcher de penser à Levi. Le problème flagrant était que je le voulais encore plus maintenant qu'avant. La nuit dernière avec lui avait été comme verser une cuve d'essence sur les charbons du feu déposé entre nous et les enflammer. La brûlure de ce feu était si bonne et si délicieuse, j'en avais chaud partout rien qu'à y penser. Je ne savais pas combien de temps le feu allait prendre pour s'éteindre, et je ne savais pas quoi faire.

Je ne m'attendais pas à ressentir ça. Je pensais que

ce serait juste du sexe. Ça n'aidait pas du tout que coucher avec Levi soit la meilleure baise de tous les temps. Il y avait quelque chose de scintillant sous la surface, quelque chose qui me touchait – comme un claquement au cœur. Malgré le fait que je méprisais parfois les hommes, je n'aimais pas être comme ça. Je voulais être plus détendue et, eh bien, normale.

Je croisai donc le regard de Susannah.

« Je ne suis pas anti-hommes et j'aime bien les gars. Je n'en parle pas beaucoup. Je suis vraiment heureuse pour Amelia, proposai-je, faisant référence à la seconde vie de l'histoire d'Amelia avec Cade. Si Ward déménage ici et que le meilleur sexe de ta vie devient plus que ça, je serai vraiment heureuse pour toi. Bon sang, si je ne croyais au bonheur éternel, Maisie et Beck l'ont prouvé au monde entier. Je ne m'attendais pas à la voir s'installer avec qui que ce soit, encore moins avec Beck. »

Susannah esquissa un sourire.

« C'est vrai, hein ? Ils sont parfaits ensemble. »

Comme si leurs noms avaient été invoqués, Amelia et Maisie apparurent à travers le groupe de personnes se pressant à l'entrée. Elles se frayèrent un chemin jusqu'à nous, se glissant sur des chaises à notre table. Nous avions réquisitionné une grande table ronde parce que Susannah s'attendait à ce que plusieurs gars de la caserne se joignent à nous. Je ne pouvais pas m'empêcher de me demander si Levi serait l'un d'entre eux.

Amelia appuya ses coudes sur la table avec un soupir.

« Mon Dieu, j'ai besoin d'un verre, annonça-t-elle.

— Ah ? répondis-je en la regardant.

— Je n'ai même pas eu l'occasion de te le dire car on était sur des chantiers différents cet après-midi.

Notre nouvelle chaudière est en rupture de stock pour deux semaines supplémentaires. J'aime les parents de Cade, mais je veux rentrer chez moi. »

J'aurais dû être frustrée par cette nouvelle, mais je ne l'étais pas. À moins d'avoir de la chance dans les prochaines semaines, il allait falloir au moins jusqu'en octobre avant que je puisse trouver une location. Janet m'avait assuré que son B&B aurait des disponibilités à ce moment-là. Elle m'avait même promis qu'elle me laisserait une chambre gratuitement, alors j'étais prête à discuter ce détail avec elle. Mais c'était dans plus de six semaines.

Ma réaction, ou plutôt mon absence de réaction, me troubla. D'une part, mon cœur s'effondrait et la tension s'enroulait en moi. Rester chez Levi testait mes limites. D'un autre côté, je voulais sauter de joie. Ça me donnait une très bonne raison de continuer à dormir chez lui. Ça signifiait que je pourrais avoir un peu plus de ce que j'avais eu la nuit dernière. Et ça... C'était foutrement fou.

Je réalisai que je n'avais pas répondu pendant qu'Amelia me regardait avec espoir.

« Eh bah, ça craint, répondis-je enfin.

— Eh bah, Lucy, tu étais totalement ailleurs pendant une minute », commenta Maisie avec un sourire.

Maisie était si mignonne, c'en était presque trop. Avec ses joues rondes, ses cheveux sombres bouclés et ses grands yeux marron, elle était tout simplement adorable. Elle était enceinte aussi, ce qui la rendait encore plus mignonne. Elle était tellement froide à la caserne quand elle était arrivée en ville. Elle était progressivement devenue amie avec nous au cours de l'année passée. Étant donné à quel point je comprenais ce que c'était que de ne pas tout à fait s'intégrer, j'avais été heureuse de la voir baisser sa garde. Beck était fou d'elle, étant passé du playboy de la ville au fiancé le plus fidèle du monde.

Il essayait de convaincre Maisie d'organiser un grand mariage, mais elle résistait. Ce n'était pas à moi de le dire, mais je pensais qu'elle n'était pas habituée à ce que quelqu'un lui accorde autant d'attention. En fin de compte, tout ce qui comptait était que Beck l'adorait et qu'il dirait oui à tout ce qu'elle voulait. Mon cœur battait dans ma poitrine, l'émotion se nouant dans ma gorge.

Voir mes amis tomber amoureux n'avait suscité aucune réflexion pour moi personnellement. Jusqu'à maintenant. Tant que le sexe était toujours bof, j'avais pensé que ça ne valait pas la peine d'aller plus loin avec qui que ce soit. Sans parler du fait que baisser ma garde me faisait me sentir si vulnérable que je pouvais à peine y penser.

Réalisant que je m'éloignais à nouveau, je croisai le regard de Maisie en riant.

« Longue journée. Je pensais juste à autre chose. »

Heureusement, notre serveuse arriva. Après avoir pris les commandes de tout le monde, elle vérifia combien de personnes supplémentaires allaient arriver.

Amelia jeta un coup d'œil à la serveuse.

« Cade, Beck et Levi seront là. Quelqu'un d'autre ? demanda-t-elle en faisant le tour de la table des yeux.

— Jesse et peut-être Thad, mais je ne sais pas qui d'autre », ajouta Maisie.

En tant qu'opératrice à la caserne, Maisie était l'intermédiaire de tout le monde.

La serveuse promit de revenir après l'arrivée de tout le monde avant de se dépêcher de partir. Entendre le nom de Levi envoya une onde d'anticipation dans mon corps. Je ne l'avais pas vu depuis ce matin, ce qui me semblait une éternité. Ce qui était, bien sûr, complètement ridicule. Le simple fait de penser à son arrivée prochaine fit bouger mes jambes sans relâche alors que la chaleur s'enroulait dans mon ventre et rayonnait à travers mon corps, tourbillonnant dans un besoin mouillé.

J'étais soulagée de la distraction des bavardages des filles. Pendant que Maisie et Amelia discutaient des subtilités du gâteau de mariage, je regardais la dernière partie du soleil tomber sous l'horizon, ses rayons dorés s'étirant haut dans le ciel dans son sillage. J'adorais vivre à Willow Brook. Depuis que j'avais déménagé ici, j'avais trouvé ma place avec des amis et du travail. La beauté spectaculaire me coupait encore le souffle jour après jour.

Je doutais que ma mère le sache, mais le fait qu'elle m'ait amenée ici après mon dernier séjour en famille d'accueil avait été la meilleure décision pour ma vie. Ça n'avait même pas été ma décision. En fait, quand j'étais allée au tribunal ce jour-là avec mon assistant social, j'avais été carrément énervée de voir ma mère plaider avec le juge. Elle avait supplié pour une seconde chance, promettant qu'elle avait déjà quitté mon père. À l'époque, j'étais certaine qu'elle mentait. Pourtant, je m'étais trompée. Pour la première fois de ma vie, elle ne l'avait pas choisi au lieu de moi.

J'étais reconnaissante qu'elle nous ait amenées ici, mais il y avait tellement un passif de déception entre nous, d'elle choisissant de protéger mon père et de toujours le choisir plutôt que moi. Il était difficile de trouver un moyen de nous reconstruire ensemble.

En sortant de la salle d'audience, on m'avait donné deux heures pour faire mes valises dans mon foyer d'accueil. Ce n'était pas un bon foyer d'accueil. Dans l'ensemble, j'avais été une adolescente facile puisque tout ce que je voulais faire était rester dans mon coin. Je n'avais pas été ravie d'apprendre que je quittais la ville. Avant que je le sache, nous étions dans un avion vers l'Alaska.

Le lycée de Willow Brook avait été bien plus supportable que le lycée en Californie. Je m'étais fait quelques amis. Après avoir obtenu mon diplôme et réussi à terminer mes études universitaires, j'ai commencé à travailler avec Amelia. J'avais enfin l'impression d'avoir trouvé ma tribu.

J'aimais mon travail, j'aimais mes amis et je me sentais à ma place ici. Ma mère était toujours là, et même maintenant, je m'attendais à ce qu'elle me dise qu'elle retournait chez mon père. On ne s'entendait pas bien. Je trouvais généralement un moyen d'appeler ou de lui rendre visite toutes les quelques semaines. Elle avait ses propres amis, dont Janet. Janet avait parfois essayé de me pousser vers une réconciliation plus réelle avec elle. Je n'y étais pas encore.

En ce moment, en regardant le lac Swan et mes amies, même avec l'anxiété qui me rongeait à l'intérieur de voir Levi, j'étais heureuse d'être ici. Pourtant, pour la première fois depuis des années, un fil de regret se tissa en moi. J'avais facilement décidé que la romance n'était pas pour moi il y a des années. Peut-être que certaines personnes avaient de la chance en amour, mais la vie m'avait beaucoup appris sur le fait de ne pas trop espérer. La paix et le soulagement de m'échapper de la vie avec mon père étaient profonds. Savoir à quel point il avait réduit ma mère à presque rien m'avait appris qu'il valait mieux ne compter que sur moi-même.

La profondeur de ma réponse physique à Levi se mêlant à l'intimité que l'on partageait était une chose à laquelle je n'avais pas été préparée. Raison de plus pour se rappeler pourquoi il était intelligent d'éviter les attaches émotionnelles. Je n'avais pas besoin d'un homme, et je n'avais certainement pas besoin de Levi. Le sexe n'équivalait pas à l'amour. Et ce n'était rien de plus que du sexe.

Chapitre Quatorze

LUCY

Il ne fallut pas longtemps avant que les gars n'arrivent à Wildlands, Beck atteignant la table en premier. Pendant un certain temps, Cade avait tenu le titre de l'homme le plus amoureux que j'aie jamais connu. Beck détenait maintenant cet honneur. Beck était ridicule avec Maisie. Il l'embarrassait toujours avec ses démonstrations d'amour publiques.

Là par exemple. Il arriva derrière elle, déposa un long baiser dans son cou avant de pencher sa tête en arrière et de l'embrasser comme s'ils étaient seuls dans la pièce. Au moment où il s'éloigna, les joues de Maisie étaient rouges et ses cheveux ébouriffés.

« Prends une chambre mec », commenta Cade avec un petit rire alors qu'il s'asseyait à côté d'Amelia et déposait un rapide baiser sur sa joue.

Beck haussa les épaules nonchalamment en s'asseyant à côté de Maisie.

« Je suis juste content de la voir, et en plus tu n'as rien à dire. Tu es pire. »

Cade se contenta de secouer la tête. Notre serveuse arriva à ce moment-là. Amelia avait sagement commandé un pichet de bière pour les gars. Pendant que notre serveuse prenait encore quelques commandes, je me demandais si Levi avait changé ses plans. Il ne m'était jamais venu à l'esprit que je ne devrais pas être assise ici à l'attendre. Il n'avait pas partagé ses plans avec moi, mais Maisie avait semblé penser qu'il serait là, alors je m'étais laissée espérer.

Quelques instants plus tard, j'entendis sa voix et je jetai un coup d'œil par-dessus mon épaule pour le voir entrer par le couloir arrière. Ses yeux rencontrèrent les miens de l'autre côté de la pièce, s'assombrissant au moment où nos regards se croisèrent. J'avais des papillons dans le ventre et je serrai mes cuisses l'une contre l'autre. J'avais besoin de me ressaisir. Pour l'amour de Dieu, il marchait simplement vers la table. Je ne voulais pas me ridiculiser, pas avec tous nos amis ici. Je ne voulais certainement pas que ce soit évident que quelque chose se passait entre nous. Levi, toujours aussi décontracté, atteignit la table et se glissa dans la seule chaise restante. Par pur hasard, elle se trouvait à côté de moi.

Par-dessus le bourdonnement de la conversation autour de nous, il me parla, sa voix basse et seulement pour mes oreilles.

« Hey Lucy, tu m'as manqué aujourd'hui. »

Sa voix – cette voix de whisky mielleux – envoya un frisson sur toute ma peau. Je sentis mes joues chauffer.

« Ne dis pas ça, sifflai-je.

— Pourquoi pas ? » contra-t-il, sa bouche se recourbant dans un de ces sourires ridiculement sexy.

Ses cheveux blond foncé étaient humides, donc je me dis qu'il avait dû se doucher à la caserne.

Calculant que j'étais mieux à ne pas relever à nouveau son commentaire, je changeai rapidement de sujet.

« Tu étais sur cet incendie cet après-midi ?

— Bien sûr. On a construit de nouveaux pare-feu. On dirait que le vent est en train de se calmer, on devrait donc être en mesure de contenir le feu. »

Susannah dit quelque chose, et Levi détourna le regard, répondant à son commentaire et attrapant le pichet de bière quand Cade le lui passa. Des soirées comme celle-ci avec des amis étaient courantes. Levi était fermement ancré dans notre cercle social. Je connaissais des morceaux de son histoire. Il avait déménagé ici de Juneau après le lycée et était parti plus tard pour se former en Arizona avant de revenir. Sa mère était originaire de Willow Brook, ce qui avait ramené leur famille dans la région.

Dans la foulée de l'intimité qui s'était passée entre nous la nuit dernière, ce qui serait normalement une soirée typique avec des amis ne semblait pas du tout typique. Mon corps était en feu, à l'intérieur comme à l'extérieur. Tout ce à quoi je pouvais penser, c'était quand nous pourrions retourner chez lui, et que je pourrais l'avoir à nouveau pour moi toute seule.

Penser comme ça, ce n'était pas moi. Les discussions d'incendies, comme Amelia les appelait, continuaient autour de nous. Tout le monde à table, à part Amelia et moi, travaillait à la caserne. J'écoutais à moitié en sirotant ma bière et en grignotant du pain frais servi pour la table. Un commentaire éveilla mes oreilles.

« Vous pensez qu'on va être appelés pour l'incendie à l'extérieur de Fairbanks ? » demanda Beck.

Levi haussa les épaules à côté de moi avant de prendre une gorgée de sa bière.

« Je ne sais pas. C'est bientôt notre tour de faire une rotation, c'est sûr. »

Je regardai les yeux de Maisie se poser sur Beck,

l'inquiétude y étant forte. Amelia étant ma meilleure amie et Maisie une autre amie proche, j'avais l'habitude qu'elles s'inquiètent pour leurs hommes respectifs sur le terrain. Jusqu'à présent, j'avais pris cette préoccupation comme un peu absurde. Les pompiers forestiers font un travail dangereux, un travail épuisant qui les mobilise pendant des semaines d'affilée. Ce n'était pas que je n'avais pas d'empathie. J'en ai. C'était simplement que leur inquiétude ne me touchait généralement que de loin.

Après l'intimité que j'avais partagée avec Levi, je ressentais une lueur d'appréhension à l'intérieur. Je ne savais pas d'où ça venait.

Chapitre Quinze

LEVI

Les cheveux dorés de Lucy capturaient la lumière. Avec ses cheveux relevés en une queue de cheval faite à la va-vite, personne ne pouvait dire qu'elle essayait d'être glamour. Pourtant, elle était tellement belle. J'avais commodément une vue parfaite sur la vallée ombragée de ses seins. Si je n'étais pas complètement fou d'elle, j'apprécierais la vue et rien de plus. Mais j'étais fou d'elle, donc ce n'était pas vraiment facile d'essayer de me détendre avec mes amis alors que j'étais dur comme de la pierre.

J'étais franchement soulagé par le bourdonnement de la conversation autour de nous. Notre table d'amis était pleine et la conversation suivait son cours habituel.

J'adorais le fait que Lucy n'ait pas sa casquette de baseball, son look standard. Sa queue de cheval était légèrement décoiffée avec des mèches lâches de ses cheveux blonds encadrant son visage. Ses joues étaient rouges alors qu'elle riait de quelque chose qu'Amelia avait dit. Elle était un peu ivre, et je me dis qu'il faudrait sans doute que je la ramène.

« Levi ! » m'appela Jesse Franklin de l'autre côté de la table.

J'ai jeté un coup d'œil.

« Oui ?

— Tu dois être en train de devenir sourd. J'ai dit ton nom trois fois », annonça Jesse avec un gloussement.

Franchement, je ne faisais pas très attention. La simple présence de Lucy à mes côtés avait embrouillé mon cerveau. Enfin ça, et le fait que tout mon sang était allé directement à ma bite. Je haussai les épaules et lui rendis son sourire. Jesse était l'un des gars de mon équipe, solide, stable et drôle.

« On prend les paris sur la *Nenana Ice Classic* pour le printemps prochain, expliqua Jesse.

— Vous pariez maintenant ? Ça n'a même pas encore commencé », répondis-je.

Il faisait référence à un rituel annuel où les Alaskiens pariaient sur le moment où la glace se briserait sur la rivière Nenana chaque printemps.

Beck attira mon attention.

« On tient nos propres paris, donc on doit parier tôt.

— À combien ça monte pour l'instant ? »

Cade gloussa en jetant un coup d'œil autour de la table.

« Levi n'aime pas parier sauf si ça parie haut. »

Je levai les yeux au ciel.

« Et alors ? J'aime que ça en vaille la peine. »

Jesse gloussa.

« Eh bien, le pot a déjà dépassé les cinq cents rien qu'avec la caserne, intervint Beck. L'année dernière, Levi voulait que le gagnant ait un écran plat. »

Je sentis les yeux de Lucy sur moi et je lui jetai un coup d'œil, en haussant les épaules, penaud.

« Ma télé était cassée, donc je me suis dit que j'allais essayer d'en négocier une pour quelque chose de bien. Quoi qu'il en soit, je suis partant. C'est quoi la mise d'entrée ?

— Vingt dollars, dit rapidement Jesse.

— Très bien. J'apporte ça demain. »

Cade était assis à un angle en face de moi, son bras sur l'épaule d'Amelia. Je sentis le regard curieux d'Amelia sur moi quand je la regardai. Ses yeux passèrent de moi à Lucy, et je me demandai si Lucy lui avait dit quelque chose. Je savais qu'elles étaient meilleures amies, mais je ne savais pas à quel point Lucy partageait ce genre de choses. J'ignorai le regard d'Amelia et j'écoutai Jesse plaisanter avec Beck sur quand il pensait que la glace se fissurerait au printemps prochain. Lucy me murmura quelque chose, et je me penchai parce que je ne pouvais pas l'entendre.

« De quoi ? » demandai-je.

Ses yeux attrapèrent les miens, et je me retrouvai tout excité. Mon esprit se tourna soudainement vers la nuit dernière : le regard bleu foncé de Lucy, embrumé de passion et verrouillé sur le mien alors que sa chatte se serrait autour de ma bite et qu'elle jouissait en un cri rauque et haletant.

« Oh, je disais que c'est bête de parier maintenant. Ce n'est même pas encore l'hiver », dit-elle avec un haussement d'épaules.

Je souris.

« C'est ce qui rend la chose amusante. C'est totalement aléatoire. La victoire n'en est que meilleure parce qu'on ne sait pas si on a une chance. »

Elle soutint mon regard un instant, et j'eus soudain l'impression que nous parlions d'autre chose.

Elle me fixa en penchant la tête sur le côté.

« Vraiment ? J'aime bien savoir, dit-elle soudainement.

— Savoir quoi ?

— Eh bien, j'aime planifier, prendre des décisions en prévision des imprévus », expliqua-t-elle. Je me mordis la langue. Je voulais lui demander quel genre d'imprévus elle avait envisagé quand elle était montée dans mon lit la nuit dernière. Mais ça l'énerverait certainement.

Que Lucy le veuille ou non, j'interprétais tout ce qu'elle disait ces derniers jours. Elle était encore un peu un mystère pour moi. Elle avait été distante et gardée depuis que je la connaissais, puis elle et Amelia avaient commencé à travailler ensemble. Elle avait lentement été attirée dans mon cercle social. C'était une femme forte et son apparence démentait sa force, à l'intérieur comme à l'extérieur. Au-delà de sa beauté évidente et du fait qu'elle appelait mon corps d'une manière trop puissante pour être ignorée, la moitié de mon attirance pour elle était à l'origine du mystère et du défi.

La nuit dernière n'avait fait qu'approfondir le mystère. C'était une femme passionnée, ce qui ne m'avait pas surpris en soi. Ce qui m'avait surpris, c'est la profondeur de la vulnérabilité que j'avais sentie vaciller sous sa carapace.

Alors je l'écoutais dire qu'elle aimait savoir les choses, planifier, avoir un plan B, et je classais ça. Si je voulais avoir une chance avec elle...

Qu'est-ce que je foutais ? Je n'avais pas l'habitude de penser à des choses comme ça. Mais là encore, Lucy était autre chose.

Alors que j'étais assis là à la regarder, j'avais l'impression que nous étions seuls même si nous étions entourés d'amis, et la conversation flottait autour de nous. Il me vint à l'esprit que je savais très peu de choses sur sa vie au-delà de la surface.

Elle avait déménagé à Willow Brook au lycée. Ma famille avait déménagé ici de Juneau à peu près au même moment. Je connaissais sa mère de loin, mais je ne savais rien d'elle. Si le père de Lucy était impliqué dans sa vie, il ne vivait certainement pas ici à Willow Brook. Bien que la population de la ville explose chaque été avec les touristes et les saisonniers, le noyau de population locale était restreint. On ne pouvait pas vivre ici sans être connu de tout le monde.

Le fait que je connaisse sa mère de loin était uniquement dû au fait qu'elle était amie avec Janet James et ma mère. C'était l'intégralité de mes connaissances sur Lucy au-delà de son amitié avec Amelia et leur petit cercle d'amies. Je supposais qu'être soudainement assez curieux à son sujet devrait me faire réfléchir. Je voulais savoir pourquoi elle était si prudente et fermée, pourquoi elle me tenait à distance, et bon sang, je voulais savoir pourquoi elle m'avait d'abord repoussé aussi complètement.

Je savais ce que je ressentais entre nous. Il y avait une étincelle, sa flamme vacillant plus haut chaque fois que nous étions proches. Maintenant c'était un foutu feu de joie, mais l'étincelle avait toujours été là. Pourtant, elle ne m'avait même pas laissé une chance. Jusqu'à maintenant.

Chapitre Seize

LEVI

Je sortis dans le parking de Wildlands, levant les yeux vers le ciel nocturne. Les étoiles brillaient comme des diamants et la lune jetait une lueur sur le lac Swan. Je sentis quelqu'un tirer sur ma manche et jetai un coup d'œil par-dessus mon épaule pour trouver Amelia.

« Besoin de quelque chose ? » demandai-je.

Elle hocha la tête rapidement.

« Ramène Lucy, s'il te plaît. »

Lucy était allée aux toilettes dans le couloir arrière alors que notre groupe se séparait.

« Déjà prévu », dis-je en retour.

Cade se tenait à côté d'Amelia, sa main accrochée à sa poche arrière. Il attrapa mon regard aussi, hochant la tête.

« Bien. Elle a bu quelques bières de trop pour conduire.

— Tu veux que j'attende qu'elle sorte ? » demanda Amelia.

Perplexe, je haussai les épaules.

« Pour quoi faire ? »

Amelia mâchouilla l'intérieur de sa joue.

« Bah, elle pourrait te tenir tête », dit-elle avec un petit sourire.

Je ris.

« Oh, je n'en doute pas. Je vais gérer. Allez-y les gars. Je vous vois demain », répondis-je, mes yeux se tournant vers Cade.

Amelia semblait incertaine, mais Cade hocha fermement la tête.

« Compris. Allez bébé. Lucy ne sera que plus saoulée si tu es là à essayer de lui dire quoi faire. »

Amelia lui lança un regard noir, mais se laissa entraîner. Cade avait tout à fait raison.

Lucy n'aimait pas qu'on lui dise quoi faire, encore moins en public.

Je les regardai s'éloigner en m'appuyant contre le pare-chocs arrière du petit pickup de Lucy. Je jetai un coup d'œil sur le lac Swan, les lumières du bar se reflétaient sur les eaux calmes. Quelques autres hôtels étaient éparpillés sur la rive du lac, mais l'autre côté était vide. La lune traçait un chemin scintillant sur l'eau.

En entendant des pas, je me retournai pour voir Lucy sortir par la porte arrière du chalet. Ses yeux se plissèrent en me voyant appuyé contre l'arrière de son pickup. Elle s'arrêta à quelques mètres de moi, mettant ses mains sur ses hanches.

« Qu'est-ce que tu fais là ? demanda-t-elle.

— Je t'attends. Je te ramène. »

Ses yeux se plissèrent davantage, ses lèvres se crispèrent et elle secoua légèrement la tête.

« Je n'ai pas besoin que tu me ramènes. Je n'étais même pas sûre de dormir chez toi de toute façon. »

Là, pas de surprise. Je ne dis pas mes pensées à voix

haute. Je penchai la tête sur le côté et soutint son regard.

« Et où comptes-tu dormir alors ? »

Elle haussa les épaules.

« Eh bien, tu n'es pas en état de conduire.

— Je ne suis pas bourrée, protesta-t-elle. Je n'ai bu que trois bières.

— Tu pèses presque rien.

— Pas vrai ! Je fais presque cinquante-deux kilos ! »

Son discours n'était pas complètement brouillé, mais c'était proche.

Je refoulai l'envie de rire parce que ça n'arrangerait certainement pas les choses.

« Amelia m'a demandé de te raccompagner », proposai-je.

Lucy tapa du pied, son regard de plus en plus mutin.

« Amelia n'est pas ma mère, marmonna-t-elle.

— Non, c'est ton amie. Elle m'a demandé de te raccompagner, mais j'avais déjà prévu de le faire. Tu ne prends pas le volant. En fait, je ne descendrai pas de l'arrière de ton pickup tant que tu auras tes clés. »

Lucy sortit son téléphone, ou plutôt tenta de sortir son téléphone de sa poche. Il claqua au sol. Elle se pencha pour le ramasser, sa cible légèrement décalée lorsqu'elle trébucha. Je l'attrapai rapidement, seulement pour qu'elle trébuche sur moi. Quand son épaule heurta la mienne, je la stabilisai.

Elle m'arracha le téléphone des mains.

« J'appelle Amelia », annonça-t-elle en appuyant rapidement sur son écran et en appelant Amelia, en haut-parleur en plus.

Amelia répondit immédiatement.

« Hé Lucy, quoi de neuf ? Tu es en train de te disputer avec Levi sur le fait qu'il conduise ? »

Je ris.

« Oui, c'est ça », dis-je.

Amelia ne rit même pas.

« Lucy, ne sois pas stupide. Laisse juste Levi te conduire. Tu dors chez lui de toute façon, donc ce n'est pas comme si c'était un détour.

— Et si je ne veux pas dormir chez lui ? »

Amelia ne flancha pas.

« Tu peux venir chez les parents de Cade, mais ça me paraît bête. Si tu essaies de conduire jusqu'ici, je vais dire à Levi de ne pas te laisser faire. Cade et moi reviendrons te chercher. Alors ? »

Je commençais à réaliser que Lucy était peut-être plus ivre que je ne le pensais au départ. Elle se mordit la lèvre, fixant son téléphone.

« Je ne peux plus dormir chez Levi, dit-elle, ses mots complètement brouillés maintenant.

— Pourquoi ? demanda Amelia.

— Parce qu'on a couché ensemble ! » annonça Lucy.

Ma bouche s'ouvrit, une partie d'un rire s'échappant avant que je me coupe. Elle m'avait choqué.

Je pouvais pratiquement imaginer le regard sur le visage d'Amelia. Elle était silencieuse lorsque le son du clignotant de la voiture résonna dans la ligne. À ce moment-là, je réalisai que Lucy venait de faire son annonce sur le haut-parleur de la voiture.

« On est en haut-parleur ? demandai-je.

— Tout à fait ! » offrit Cade, son sourire évident dans son ton.

Les yeux de Lucy se posèrent sur les miens, écarquillés et presque paniqués.

« Je plaisantais, c'était juste une plaisanterie. »

Un autre long silence s'ensuivit.

Il n'y avait aucune chance que j'ajoute quoi que ce soit à ce stade.

Lucy soupira.

« Je vais laisser Levi me reconduire à la maison. Okay, au revoir. »

Elle mit fin à l'appel sans attendre qu'Amelia ou Cade lui dise au revoir, laissant tomber le téléphone ce faisant. Je l'attrapai, seulement pour me rendre compte qu'elle n'avait pas réussi à mettre fin à l'appel.

« Les gars, je gère. Je conduis. Je vous parle demain.

— Bonne nuit Lucy. Merci Levi », dit rapidement Amelia au-dessus du rire bas de Cade.

J'appuyai avec succès sur le bouton rouge et rendis le téléphone à Lucy. On se regarda dans l'air frais du soir, les sons du bar en fin de soirée au-dessus du lac. Au bout d'un moment, elle ouvrit la bouche puis la referma brusquement. Elle croisa les bras sur sa poitrine, ses joues rougissantes.

« Oh mon Dieu. C'était stupide », annonça-t-elle, presque comme si elle se parlait à elle-même.

Elle prit une inspiration saccadée et détourna le regard.

« Je ne peux pas le croire. »

Ses yeux se retournèrent vers moi.

« Je déteste ça, marmonna-t-elle.

— Quoi ?

— Ce... ce truc entre nous. Je déteste avoir envie de toi. C'est chiant et stupide et tu me rends folle. Le bon type de folie et le mauvais type. »

Ah, alors nous étions de retour à combien elle détestait l'alchimie folle entre nous. Je savais qu'il n'y avait pas de bon moyen de résoudre ce problème, alors je choisis d'aborder la partie que je pouvais.

« Ce n'est pas grand-chose. Tu as l'excuse parfaite. Tu peux dire que tu étais ivre et que tu plaisantais. Si tu veux, je dirai à Amelia qu'on n'a jamais couché ensemble. Dis-moi simplement quoi faire. »

Alors qu'elle me fixait, je vis un soupçon de vulnérabilité vaciller dans son regard. Je la voulais. Vraiment. Je ne savais pas comment c'en était arrivé à ce point si rapidement, mais tout était facile avec elle.

Mon père m'avait toujours dit que je saurais quand c'était la bonne femme. Quand j'étais adolescent et que je m'en fichais, tout ce que je voulais, c'était du sexe. Mon père avait tenu à me dire que s'amuser était tout à fait normal, mais de toujours traiter les femmes avec respect. Pourtant, il avait insisté sur le fait que quand je rencontrerai la bonne femme, je le saurais. À l'époque, j'avais pensé que c'était un idiot romantique.

Mon père adorait ma mère et insistait sur le fait que leur mariage était un grand moment de l'Histoire – ses mots, pas les miens. Quand j'étais plus jeune, je trouvais qu'il en était presque ridicule. Ma mère était une femme indépendante et volontaire, mais elle l'adorait aussi.

En regardant Lucy, pour la première fois, je pensai que mon père n'était peut-être pas fou. Il y avait juste quelque chose en elle. Aucune idée de quoi. Je pourrais facilement expliquer mon attirance pour elle. Elle me coupait le souffle. Pourtant, elle était sur la réserve, froide et un défi comme je n'en avais jamais vu. Avec elle, je n'avais même pas réfléchi deux fois à l'effort.

Entre ma poursuite initiale et son refus, puis la nuit dernière, je savais qu'il y avait quelque chose entre nous, quelque chose que je n'avais ressenti avec personne. Je voulais murer le monde et lui dire de ne pas s'inquiéter. Parce qu'elle semblait toujours inquiète, comme si elle était prête à combattre la terre entière, que le combat soit nécessaire ou non. Je voulais l'envelopper dans mes bras et lui dire de lâcher prise, d'oublier simplement le reste du monde avec moi. Mais je n'osais pas. Pas maintenant. Je savais que si j'allais trop loin, trop vite, elle me bloquerait.

Dans cette veine, je mentirais volontiers à nos amis sur le fait que nous nous envoyions en l'air. J'attendrais qu'elle soit à l'aise avant de la revendiquer publiquement. Elle m'avait quand même surpris.

Après m'avoir étudié un moment, elle secoua vivement la tête.

« Non, c'est stupide. Amelia me connaît trop bien. Je ne sais pas pourquoi j'ai dit ça, mais je vais assumer. »

Elle soupira, ses épaules se recroquevillant.

« J'imagine que tu dois me ramener maintenant.

— J'allais déjà te ramener, Lucy, dis-je en adoucissant mon ton. Pas parce que je décide et que je te dis quoi faire, mais parce que je ramènerais n'importe quel ami qui aurait peut-être bu quelques bières de trop. Enfin, ça et le fait qu'Amelia me botterait le cul si je ne le faisais pas. »

Un doux sourire s'empara de ses lèvres alors qu'elle hochait la tête.

« Il faut vraiment éviter ça. Parce qu'elle gagnerait en plus. »

Je ris en sautant de sa voiture. Lucy se retourna et commença à traverser le parking.

Je criai :

« Tu as besoin de quelque chose dans ta voiture ?

— Non ! »

Sa voix chantait le mot, me portant et s'enroulant autour de mon cœur. Merde. Elle avait foncé droit dans mon cœur. J'avais besoin de bien jouer mes cartes, sinon elle courrait si loin et si vite que je ne la rattraperais jamais.

Je courus pour la rattraper et j'atteignis ma voiture

en premier, lui ouvrant la porte côté passager. Elle monta rapidement et pencha la tête en arrière avec un soupir. Elle était silencieuse sur le chemin du retour. Quand j'arrivai chez moi, je jetai un coup d'œil pour voir qu'elle dormait profondément.

Son visage était détendu dans le sommeil, le clair de lune éclaircissant ses traits. Une main était enroulée contre son menton, tandis que l'autre, toujours dans son attelle, reposait sur ses genoux. Mon cœur se serra. Je sortis tranquillement, espérant ne pas la réveiller en fermant doucement la porte. En contournant le pickup, je la trouvai encore profondément endormie lorsque j'ouvris la porte du passager. La serrant contre moi, je la portai jusque dans la maison.

Elle était chaude et détendue dans mes bras alors que je fermais soigneusement la porte avec ma botte. En montant les escaliers, Ham se précipita vers moi, reniflant mes pieds et levant les yeux vers Lucy.

« Hé Ham, comment vas-tu ? » chuchotai-je.

Après un autre reniflement, Ham s'éloigna et sauta sur une étagère près de la fenêtre où je gardais l'une des roues sur lesquelles il aimait courir. Il monta dans un petit nid de tissu et s'installa pour observer l'obscurité.

Je m'arrêtai, me demandant si je devais emmener Lucy dans la chambre d'amis ou dans la mienne. Pour être honnête, je ne réfléchis pas longtemps et je l'emmenai dans ma chambre, ne serait-ce que parce que je voulais m'endormir à nouveau à côté d'elle.

J'enlevai ses bottes et son jean et je réussis même à lui enlever son soutien-gorge. Après l'avoir bordée sous les couvertures dans son t-shirt et sa culotte, je retirai rapidement mes vêtements pour être en slip et je grimpai à côté d'elle. Elle dormait toujours, sa respiration régulière et calme. Après une douce expiration, elle se drapa contre moi, accrochant un de ses genoux sur mes jambes et enfouissant sa tête contre mon épaule.

Avec son corps chaud et luxuriant recroquevillé contre le mien, je dérivai dans le sommeil, me disant que ce serait pas mal, enfin plutôt parfait, de s'endormir comme ça avec elle chaque nuit.

Chapitre Dix-Sept

LUCY

Je me réveillai lentement. La chambre de Levi était sombre, à l'exception de la douce lueur de la veilleuse à côté du lit. Il était recroquevillé derrière moi. J'étais tellement au chaud et détendue que je ne pouvais pas m'empêcher de savourer à quel point je me sentais protégée, enveloppée dans son étreinte.

Je pouvais sentir son excitation presser contre mes fesses et la chaleur glissante entre mes cuisses. Peu importe que je sois éveillée ou endormie, mon corps lui répondait. Je le voulais. Tellement.

Comme pour illustrer ce point, sans que mon cerveau ne forme même une pensée, je déplaçai mes hanches, me pressant contre la longueur dure et chaude de sa bite. Je faillis gémir à haute voix.

J'avais des fragments flous du souvenir endormi de lui me portant dans la maison, mais je ne me souvenais pas qu'il m'ait déshabillée.

Mes pensées étaient brumeuses, endormies et trempées de désir. Trop de nuits passées à me réveiller avec l'envie de lui sans l'avoir près de moi n'étaient qu'exacerbées par son corps volontaire recroquevillé derrière moi.

Quand je remuai à nouveau les hanches, je sentis son corps se réveiller avec un subtil bourdonnement de tension. Sa paume reposait sur mon ventre, chaude contre ma peau. Son toucher glissa jusqu'à l'un de mes seins, son pouce taquinant mon mamelon.

Je déplaçai mes jambes sans relâche, le besoin contenu dans ma base. C'était comme si nous avions déjà eu des heures de préliminaires alors que nous étions simplement en train de dormir.

Levi murmura quelque chose dans mes cheveux puis se déplaça, retirant sa main de ma poitrine et de sous mon haut. Éloignant mes cheveux emmêlés de mon cou, il y déposa des baisers. Je ne savais pas ce qui était pire, le fait que je gémissais instantanément et que ma peau brûlait à son contact. Ou le fait que j'étais presque déçue de voir son toucher abandonner ma poitrine.

Un autre gémissement s'échappa alors que ses dents se refermaient doucement sur la peau sensible juste derrière mon oreille. Sa main s'est à nouveau occupée à remonter mon t-shirt pour taquiner mes mamelons, pendant tout ce temps ses hanches se balançaient, sa bite pressant dans la fente de mes fesses.

Je passai ma main valide entre nous, enroulant ma paume sur son membre à travers le coton fin de son slip. Il grogna mon nom dans mon cou, envoyant une chair de poule sur tout mon corps. La chaleur tournait sauvagement dans mon ventre, rayonnant vers l'exté-rieur alors que le plaisir me traversait. J'étais déchirée. Je voulais tout à la fois. Je ne voulais pas qu'il arrête de me toucher. Son toucher, sûr et furtif, glissa sur mon ventre et dans ma culotte, ses doigts plongeant dans ma chaleur glissante. J'étais trempée, tellement humide que ses doigts glissèrent facilement tandis que mes hanches cédaient à son contact.

Il enfonça ses doigts profondément en moi, d'abord un puis un autre, étirant mon canal et m'obligeant presque à le supplier d'en avoir plus. Son nom tomba de mes lèvres avec un halètement et un cri. Le besoin en moi était trop puissant, je ne voulais pas attendre. Puis il poussa ma culotte le long de mes jambes, et je l'enlevai sous les couvertures.

Je le sentis s'éloigner de moi. Mon corps était comme un missile de recherche, suivant instantanément le sien.

« Où tu vas ? » demandai-je, ma voix haletante et exigeante à la fois.

Peut-être qu'une seconde s'était écoulée avant qu'il ne revienne vers moi, et j'entendis le bruit d'un papier d'aluminium. Je sentis la peau chaude et veloutée de sa bite presser contre mes fesses nues alors qu'il retirait son slip.

Il enroula un préservatif et se mit entre nous, la surface calleuse de sa paume caressant mes fesses. Il murmura mon nom en glissant sa bite entre mes cuisses. Il me taquina, faisant glisser la tête épaisse de sa bite d'avant en arrière entre mes plis lisses, parcourant mon clitoris.

J'étais folle de besoin. J'étais tellement mouillée que le jus de mon désir enveloppait l'intérieur de mes cuisses. Je m'en fichais de murmurer, de haleter, de crier et d'appeler son nom.

« Arrête de me torturer », m'étranglai-je.

Avec un petit rire doux, il s'enfonça finalement en moi dans une lente glissade. Il se tint immobile pendant un moment, balançant ses hanches et s'asseyant profondément. Ma chair palpitait autour de lui.

C'était si bon qu'il me remplisse, je soupirai de soulagement et de plaisir.

Levi repoussa mes cheveux en arrière, traçant mes sourcils. Alors qu'il faisait glisser son doigt le long de ma joue, son toucher léger comme une plume, ses dents fermées sur le côté de mon cou, juste assez pointues pour me faire crier. Quand son doigt traça mes lèvres, je l'attrapai entre mes dents, l'attirai à moi, enroulant ma langue et imitant son mouvement alors qu'il se reculait et s'enfonçait à nouveau en moi.

Il y avait se faire prendre en cuillère, et puis il y avait ça – Levi recroquevillé derrière moi, sa bite profondément enfouie alors que nous nous balancions lentement ensemble. Il retira son doigt de ma bouche, son contact humide descendant pour taquiner mes mamelons et les pincer légèrement. J'étais si près de jouir , ma chatte trempée alors qu'il se reculait et s'enfonçait à l'intérieur avec rien de plus qu'un subtil ajustement de ses hanches. Le plaisir se resserra en moi. Son toucher, fort et entendu, glissa sur mon ventre, dans mes boucles et pressa sur mon clitoris.

Le plaisir se déroulait au ralenti en moi, me parcourant vague après vague, me berçant jusqu'aux os. Je criais, incohérente alors que j'haletais son nom et que ma chatte se serrait contre sa bite. Je le sentis se lâcher alors que sa bite pulsait à l'intérieur de moi.

On termina ensemble. Sa main glissa pour se poser sur mon ventre alors que notre respiration ralentissait. Je me détendis dans son étreinte, me sentant mieux que je ne me souvenais avoir jamais été au réveil – complètement rassasiée. Au chaud, heureuse et protégée. Il me vint à l'esprit que je devrais m'inquiéter, mais je me sentais trop bien pour m'en soucier.

Dans l'obscurité, je pouvais sentir son cœur battre contre mon dos, des battements forts et puissants. Il s'éloigna, juste assez longtemps pour se débarrasser de son préservatif avant de revenir.

« Lucy ? demanda-t-il, sa voix rauque.

— Hum ?

— Je ne m'attendais pas à ça », dit-il d'un ton bourru.

Je ne savais pas comment répondre à ça. Je restai immobile et je me surpris moi-même par ma réponse.

« Je sais. Moi non plus. »

Je m'endormis alors qu'il était recroquevillé derrière moi, me serrant contre lui.

Chapitre Dix-Huit

LUCY

Je m'assis à une petite table ronde au Firehouse Café, grignotant l'un des délicieux scones de Janet, aux bleuets sauvages. J'essayais et échouais à m'occuper l'esprit en regardant par la fenêtre. Le Firehouse Café était situé en plein centre-ville de Willow Brook sur la rue principale, et il y avait beaucoup de monde à regarder. À l'heure actuelle, un frère et une sœur, deux adolescents se disputaient pour savoir qui allait monter sur le siège avant tandis que leur mère les ignorait pendant qu'elle chargeait des bagages à l'arrière.

Malgré cette distraction potentielle, mes pensées étaient agitées depuis le matin. Amelia me rejoignait ici, et j'étais mortifiée à l'idée de la voir. Je n'arrivais toujours pas à croire que j'avais annoncé que j'avais couché avec Levi à elle et Cade la nuit dernière. Rien que d'y penser maintenant, mes joues s'échauffaient.

Janet se glissa sur la chaise en face de moi à table, me tendant mon café.

« Bonjour ma chère. Tu as l'air, je ne sais pas, un peu en retrait ce matin. Tu vas bien ? » demanda-t-elle.

Les yeux bruns chaleureux de Janet portaient une

pointe d'inquiétude. Avec de la farine sur son tablier, ses cheveux argentés tirés sur sa tête avec un crayon, elle dégageait un air de chaleur. Sans parler du fait qu'elle sentait toujours bon simplement parce qu'elle était une boulangère phénoménale et qu'elle portait avec elle l'odeur du sucre et de la cannelle.

Je haussai les épaules.

« Je suis sortie tard hier soir, c'est tout. »

Je n'allais certainement pas lui annoncer ce qui se passait vraiment, à savoir que je couchais avec Levi et ne semblais pas pouvoir garder mes distances. Je pouvais à peine penser à hier soir. Ce n'était pas parce que j'étais saoule et que j'avais laissé échapper que j'avais couché avec lui à Amelia et Cade sur haut-parleur, ce n'est pas que Levi m'ait portée jusqu'à son lit, et que je ne m'en souvienne pas. Aucune de ces choses ne me pesait au-delà d'un embarras mineur.

Au contraire, ce qui me pesait, c'était ce que je ressentais quand j'étais avec Levi. Mon esprit revenait à la nuit dernière − au fait de me réveiller avec lui enroulé autour de moi, son excitation pressant contre mes fesses et moi déjà trempée de besoin. Notre moment partagé avait été une baise endormie, chaude et rêveuse. Ça avait été tellement lent, profond et intense que je rougissais même en y pensant maintenant. Mon orgasme avait commencé à mes orteils et m'avait traversée, me brisant au plus profond de moi-même. Je pouvais encore me sentir me rendormir recroquevillée contre lui et ses lèvres sur mon cou.

Je ne savais pas combien de temps nous avions dormi après ça parce que je n'avais aucune idée de l'heure qu'il était. Je m'étais réveillée quand j'avais entendu son bipeur de garde sonner sur la table de chevet près du lit. Il avait déposé un baiser dans mon cou et s'était éloigné à contrecœur. Il m'avait instantanément manqué et j'étais sortie du lit pour lui faire du café. Avec Ham me suivant curieusement dans les escaliers, je l'avais d'abord nourri avec de la laitue et des carottes avant de faire couler un pot de café.

Lorsque Levi était entré dans la cuisine quelques minutes plus tard, le sourire qui s'affichait sur ses lèvres avait donné un coup de fouet à mon cœur.

Janet s'éclaircit la gorge, assez fort, me tirant efficacement de ma rêverie. J'étais complètement éparpillée ce matin. Je pris une gorgée de mon café, soulevant ma tasse en signe de gratitude.

« Délicieux, comme toujours. »

Janet hocha simplement la tête.

« Tu as vu ta mère dernièrement ?

— Il y a quelques semaines », proposai-je.

Je n'étais pas sûre de ce que Janet savait vraiment de ce qui s'était passé avec ma famille avant que ma mère et moi ne déménagions ici. J'étais contente que Janet soit amie avec ma mère, mais je n'étais pas sûre de ce qu'elle attendait de nous.

Je me suis surprise avec ma question.

« Pourquoi tu me parles de ma mère ? Tu la vois probablement plus que moi. »

Il était difficile de surprendre Janet, mais cette question fit l'affaire. Ses yeux s'écarquillèrent légèrement, mais elle n'en manqua pas une miette. Elle pencha la tête sur le côté.

« Je t'aime chérie, et j'aime ta mère. Je me dis que vous arriverez peut-être à surmonter tout ce qui s'est passé avant que vous ne déménagiez ici. »

Ah, alors peut-être que ma mère avait donné quelques indices.

« Écoute, on a fait la paix. Je n'ai pas de rancune. Nous ne sommes tout simplement pas proches. Les choses étaient vraiment, eh bien, merdiques avec mon père. Je ne sais pas ce qu'elle t'a dit.

— Chérie, je pense qu'elle m'a tout dit. Je vais te faire la version courte. Ton père la frappait parfois, il était émotionnellement violent et il t'ignorait. Elle aurait dû partir quand tu étais petite, et elle ne l'a pas fait. Il a fini par te frapper un jour, et elle t'a perdue parce qu'elle ne pouvait pas prendre la bonne décision à l'époque. La façon dont elle le dit, elle n'en avait pas la force. Je ne dis pas que c'est une excuse, mais c'est comme ça. Au moment où elle a trouvé la force de partir, elle avait peur qu'il soit trop tard. »

Je regardai Janet, mon cœur battant bizarrement dans ma poitrine. Elle ne disait rien que je ne sache déjà. Pourtant, l'entendre énoncer si succinctement les faits et savoir que ma mère en avait parlé directement me rendait triste. J'allais bien. Vraiment. J'étais passée à autre chose et j'avais recouvert les éraflures et les bosses que mon enfance m'avait laissées.

Honnêtement, mon enfance n'était pas quelque chose sur quoi je m'attardais, probablement parce que ça faisait toujours un peu mal. J'avais assez de bon sens pour savoir que je ne pouvais pas changer le passé, alors j'essayais simplement de l'accepter. Pas certaine de quoi dire à Janet, je hochai simplement la tête et je pris une autre gorgée de mon café.

« Je suis contente qu'elle ait une amie comme toi », dis-je finalement.

Janet tendit la main par-dessus la table pour serrer ma main avant de se lever et d'ajuster son tablier.

« Je n'essayais pas de forcer quoi que ce soit. Je te dis juste qu'elle n'attend rien de toi. Peut-être que ça t'aidera de savoir qu'elle comprend ce que tu as vécu. »

Avec un sourire chaleureux, elle changea de sujet.

« Amelia te retrouve bientôt ici ?

— Oui, je suis sûre qu'elle sera là d'une minute à l'autre. »

Comme si son nom avait été invoqué, la cloche sonna au-dessus de la porte du café, et je jetai un coup d'œil pour voir Amelia entrer. Elle fit un signe de la main et se dirigea vers le comptoir. Janet serra mon épaule et se précipita vers le comptoir. Je me remis à grignoter mon scone.

Quelques instants plus tard, Amelia s'approcha, enlevant sa veste alors qu'elle se glissait dans la chaise en face de moi. Je pris une gorgée de café pour avoir de la force, pensant que je ferais mieux d'aller droit au but.

« Alors, j'étais un peu ivre hier soir quand j'ai dit ça, mais c'est vrai », dis-je catégoriquement.

Les yeux d'Amelia se plissèrent et j'y vis une pointe de gaieté.

« Ça ne me surprend pas. »

Mes joues devinrent chaudes. J'étais gênée, mais ça passerait. Amelia pourrait me taquiner, mais je savais que ça n'irait pas plus loin. Je levai les yeux au ciel.

« Pourquoi ça ne te surprend pas ?

— Parce qu'il a un faible pour toi depuis toujours, et il est évident que tu l'aimes bien aussi. »

Ma bouche s'ouvrit.

« Quoi ?! En quoi est-ce évident ? »

Amelia sourit.

« Vous êtes comme des enfants. Il te taquine, et tu t'énerves. Ce n'est pas comme si d'autres gars n'avaient pas essayé de te faire sortir avec eux, mais seul Levi t'énerve à ce point. Avouons-le, il est beau comme tout. C'est pas mon genre, mais c'est indéniable », dit-elle en riant.

Je souris même si je n'en avais pas envie.

« Bon. Oui, il est beau. Je ne suis pas à la recherche

d'une relation sérieuse, dis-je catégoriquement, ignorant le drôle de petit battement de mon cœur.

— Pourquoi parlons-nous de relation sérieuse ? demanda-t-elle. Tu n'es pas obligée de te lancer là-dedans tout de suite. Un peu de plaisir ne te ferait pas de mal. Pour être honnête, je ne suis pas du genre à encourager les coups d'un soir, mais ça faisait bien trop longtemps que tu n'avais pas tiré ton coup. Je veux dire, c'était quand le dernier... ? »

Mes joues étaient si chaudes que j'avais besoin d'un ventilateur.

« Oh mon Dieu. Tais-toi bordel. Tu sais que je ne fréquente presque jamais personne. Mon vibromasseur est aussi bon que n'importe quel mec. »

Au moment où je dis cela, pour la première fois, je mentais. Levi était de loin meilleur que mon vibromasseur, mais je n'allais pas l'avouer.

« Des conneries, dit-elle sans détours. Certes, tu ne fréquentes personne, mais du bon sexe vaut mieux qu'un vibromasseur. »

Elle but une gorgée de son café et prit un bout de mon scone quand je poussai l'assiette dans sa direction.

« Écoute, tu es géniale et Levi est un bon gars. Je ne peux même pas dire qu'il est trop joueur. Il sort ici et là, c'est à peu près tout. Pourquoi ne pas te détendre et t'amuser une fois dans ta vie ?

— Je m'amuse ! »

Amelia secoua la tête.

« Je sais. Mais pas avec les gars. »

Je soupirai, lui cédant ce débat. Ça n'en valait pas la peine, pas seulement maintenant.

« Je dois trouver un autre endroit où dormir.

— Eh bien, tu ferais mieux de t'y mettre alors, dit-elle avec un sourire ironique. À moins que tu ne veuilles dormir chez les parents de Cade, je ne sais pas ce que tu trouveras en ce moment. Je proposerais bien notre maison, mais le sol du rez-de-chaussée est mort et on n'a pas d'eau chaude.

— Je ne veux pas m'imposer chez les parents de Cade. Ce serait bizarre parce que ça donnerait l'impression que je suis trop gamine pour rester chez Levi.

— Et c'est pas le cas ? » répliqua Amelia.

Je résistai à l'envie de lui lancer la dernière bouchée de mon scone et me contentai d'un regard noir.

« Tu peux toujours appeler ta mère », ajouta-t-elle, son ton s'adoucissant.

Pourquoi tout le monde parlait de ma mère aujourd'hui ? Je soupirai et secouai doucement la tête.

« Non, ce serait encore plus étrange. Janet m'a déjà fait un petit discours à son sujet aujourd'hui. »

Amelia soutint mon regard de manière égale. Elle était l'une des rares personnes à qui j'avais confié ma vie avant Willow Brook.

« Eh bien, je dirais qu'il faut que tu restes chez Levi et que tu prennes vraiment ton pied au lit. »

J'éclatai de rire, mes joues rougissant encore plus.

« Oh mon Dieu ! Commence pas, d'accord ? C'est déjà assez grave que Cade l'ait entendu.

— Je me sentais mal hier soir. Sérieusement. Dès que tu as fait ta petite annonce, j'ai su que tu allais mourir quand tu réaliserais que tu étais sur haut-parleur. Si tu me l'avais dit plus tôt, j'aurais pu éviter, dit-elle sans détours.

— C'était juste la veille, marmonnai-je. J'allais te le dire, je te promets.

— Comme je l'ai dit, Levi est un bon gars. Il est proche de sa sœur et ses parents sont formidables. Honnêtement, si tu cherches quelque chose de plus que du sexe, c'est un très bon candidat », déclara-t-elle.

Mon cœur s'effondra dans ma poitrine et j'eus l'impression de tomber – ce sentiment que vous ressentez lorsqu'un ascenseur descend trop vite et que tout votre estomac tombe avec. Ou lorsque vous êtes sur des montagnes russes et qu'on arrive au sommet d'une montée avant de s'effondrer.

Rien de tout cela n'était censé arriver. Je n'étais pas censée avoir tellement envie de Levi que ça me faisait mal. Je n'étais pas censée céder et me sentir comme si j'étais intimement liée dans une connexion si belle qu'elle me terrifiait.

Je supposai à tort que ma première pensée était secrète, mais les yeux d'Amelia s'écarquillèrent.

« Oh mon Dieu. Qu'est-ce que je viens de dire à voix haute ?

— Que ce n'était pas censé arriver », dit-elle calmement avant de prendre une gorgée de café.

Posant sa tasse, elle me regarda.

« Essaie de te détendre et peut-être d'en profiter. Tu sais que je suis là pour toi. Pas de jugement. Jamais. »

Ma gorge se serra parce que je savais qu'elle le pensait. Elle était la personne la plus fidèle que je connaisse et là pour moi quoi qu'il arrive.

« Je sais, dis-je finalement, changeant rapidement de sujet. J'imagine qu'on devrait se remettre au travail, hein ? »

Amelia haussa les épaules.

« Tu n'as pas un rendez-vous chez le médecin bientôt ? demanda-t-elle, ses yeux se dirigeant vers l'attelle sur mon avant-bras.

— La semaine prochaine. Elle a dit que je devrais être prête à reprendre d'ici là.

— Bon. Il y a de quoi faire quoi qu'il arrive. On doit commencer la coupe des carreaux pour les salles de bains. Tu peux faire ça, et je ferai tout le travail pénible, proposa-t-elle avec un sourire.

— Ça te fait rire, hein ? Tu peux insister pour me faire faire tous les trucs longs et chiants. »

Elle éclata de rire.

« Ça ne me fait pas rire, mais c'est bien pour toi de te détendre et de peut-être accepter un peu d'aide ici et là. »

Je levai les yeux au ciel en me levant.

« Je n'ai besoin de l'aide de personne », marmonnai-je en prenant ma tasse et mon assiette vides.

Chapitre Dix-Neuf

LEVI

Retirant mes gants anti-feu alors que je m'éloignais d'un pare-feu sur lequel nous travaillions, je me retournai pour scruter l'horizon. La fumée brouillait le ciel dans cette section de la forêt, bien que le vent ait finalement ralenti et que le ciel s'éclaircisse. Je fis glisser ma manche sur mon visage et posai une main sur ma hanche alors que je reprenais mon souffle. Le même incendie que nous avions combattu la semaine dernière dans une section de forêt à l'extérieur de Willow Brook s'était ranimé hier. Il avait été déclenché plus tôt cet été après que des campeurs avaient ignoré la règle d'interdiction d'allumer des feux de camp. Nous l'avions largement contenu, mais trop de jours d'affilée de temps sec et de vent avaient attisé les flammes.

Nous avions passé la majeure partie de la journée à créer plusieurs nouveaux pare-feu à la périphérie de la zone pour empêcher que le feu se propage si le vent changeait de direction. Bien qu'il y ait eu des messages partout sur l'interdiction d'allumer des feux de camp, la nature sauvage de l'Alaska, même dans les zones urbaines, ne ressemblait pas aux sentiers bien entretenus des 48 États centraux des US. Les randonneurs et les campeurs se perdaient souvent ou ne prenaient pas les restrictions au sérieux. Avec cet été sec, on avait dû surveiller les feux de forêt tout au long de la saison.

Je jetai un coup d'œil à Jesse Franklin alors qu'il s'approchait. Il posa la tronçonneuse qu'il utilisait à proximité et attira mon attention.

« Tu penses qu'on a terminé la journée ? » demanda-t-il.

Je hochai la tête, me penchant pour attraper une bouteille d'eau par terre. J'en pris une longue gorgée en m'essuyant la bouche avec ma manche.

« Bon sang, heureusement que le vent est tombé cet après-midi, et qu'on a pu le faire.

— Trop d'épicéas morts par ici », ajouta-t-il.

La forêt avait commencé à se remettre des scolytes de l'épinette, qui avaient décimé des pans entiers de cette zone il y a quelque temps. Même s'il y avait une nouvelle croissance, il faudrait encore quelques décennies avant que la forêt ne se rétablisse.

« Oui, on mettra d'autres panneaux plus tard cette semaine, en particulier dans les zones les plus fréquentées. Ça devrait, espérons-le, empêcher un autre incendie totalement inutile. »

Jesse hocha la tête et se tourna pour scruter l'horizon, répondant à quelque chose qu'un autre membre de l'équipe disait.

L'équipe de Cade était également avec nous. Pendant quelques années, j'avais été contremaître dans son équipe, mais j'avais pris la relève l'an dernier en tant que capitaine d'une autre équipe. J'avais à peine parlé à Cade aujourd'hui, ne serait-ce que parce que nous travaillions dur. Même pendant les temps d'arrêt lorsque nous ne luttions pas activement contre un incendie, le boulot de pompier était sacrément difficile. La journée d'aujourd'hui avait été remplie d'heures de déboisement, d'abattage d'arbres morts et de création de coupe-feu le long des ruisseaux, utilisant la nature à notre avantage.

Je me retournai, regardant au loin alors que la fumée se dissipait. Denali était visible à travers la brume, s'élevant haut dans le ciel. Denali était le plus haut sommet d'Amérique du Nord. Toutes les villes centrales d'Alaska étaient à portée de vue de Denali. Je pris une profonde inspiration et la laissai sortir alors que mes yeux s'éloignaient de Denali à travers des champs d'épilobe, une herbe fuchsia brillante parsemant le paysage de l'Alaska.

Un ruban de rivière serpentait la vallée, menant à Willow Brook. La rivière en question était l'homonyme de notre ville, que l'on appelait un ruisseau pour rire. Elle était large et peu profonde, et descendait des montagnes, alimentant le lac Swan.

Mon esprit se tourna vers Lucy. Elle était devenue le point central de mes pensées ces derniers temps. Elle avait insisté ce matin sur le fait qu'elle n'allait pas essayer de revenir sur ce qu'elle avait dit à Amelia et Cade hier soir, quand elle était saoule. Je savais à quel point elle était discrète sur sa vie privée, alors je savais qu'elle n'appréciait pas le problème qu'elle s'était créé. Mais ça lui ressemblait tellement d'insister pour y faire face. J'adorais la façon dont elle n'avait jamais reculé devant quoi que ce soit. Ce regard de vulnérabilité était apparu dans ses yeux. Rien que d'y penser maintenant, mon cœur se serra à nouveau. J'avais regardé ses magnifiques yeux bleus et j'avais pensé que je la ramènerais volontiers au lit et que j'y resterais toute la journée.

« Laisse-moi m'en occuper, mais rends-moi service et ne prends pas ça comme une permission de l'annoncer au monde, avait-elle dit.

— Hé, je n'aurais rien dit, avais-je répliqué avec un clin d'œil.

— J'étais un peu ivre », avait-elle répondu, un lent sourire s'emparant de ses lèvres.

J'avais souri, soulagé qu'elle ne soit pas en colère à propos de tout ça. Nous n'avions pas parlé de ce qui s'était passé pendant la nuit. Au moment où ses fesses se tortillaient contre ma bite, je sortais de mon demi-sommeil, déjà dur et prêt. Il semblait que nous n'allions pas parler du fait que nous ne pouvions pas nous contrôler.

Nous n'avions pas à en parler j'imagine. Je savais que je devais attendre mon heure. Parce que s'il y avait une chose que je savais sur Lucy, c'est qu'elle n'aimait pas être forcée à quoi que ce soit.

———

Plus tard dans l'après-midi, j'appuyai ma tête contre le mur derrière moi sur un banc dans notre vestiaire. Au bruit de ses pas, je levai les yeux pour voir Cade s'approcher. Il s'assit en face de moi.

« Alors, un commentaire sur cette petite conversation hier soir ? » demanda-t-il, le soupçon d'un sourire tirant aux coins de sa bouche.

Je haussai les épaules.

« Rien à ajouter », proposai-je.

Il soutint mon regard un instant puis hocha la tête.

« Je n'essayais pas de faire ma commère. Si tu as besoin de parler à quelqu'un, je suis là. »

Je posai mes coudes sur mes genoux.

« Pourquoi tu penses que j'ai besoin de parler ? »

Il resta silencieux un instant.

« Il me semble que tu as un faible pour Lucy. Depuis un certain temps. »

Il était facile d'oublier à quel point Cade était perspicace. Je le connaissais depuis des années. Il était discret et silencieux. Mais il avait compris exactement ce qui se passait dans ma tête. Ce que je ressentais pour Lucy était pourtant bien plus qu'un béguin. Le problème était que je devais être patient. Je savais bien qu'elle n'apprécierait pas qu'il y ait des rumeurs sur nous, ou quoi que ce soit qui s'y apparenterait. Mais Cade n'était pas du genre à commérer.

Alors, je soutins son regard et je hochai lentement la tête.

« On peut dire ça. Je sais que tu n'en parleras pas mais je vais devoir te demander de ne rien dire. Lucy me tuera si elle pense que quelqu'un de plus que vous deux est au courant. »

Il rit.

« Oh, je sais. Amelia pense que Lucy devait être super contrariée d'avoir dit quoi que ce soit la nuit dernière. Tu sais que tu n'as pas à t'inquiéter à propos de nous.

— Je sais. »

Je m'arrêtai, ruminant mes pensées.

« Écoute, Lucy va fuir le plus loin possible si elle entend dire que j'ai envie de plus que des galipettes. »

Cade se tut avant que son sourire ne s'étende lentement sur son visage.

« Ça c'est sûr. Tu ferais mieux de savoir ce que tu veux.

— Je sais ce que je veux, dis-je, mon cœur battant fort pendant que je parlais.

— Hé les gars, on en est où ? » demanda Beck alors qu'il entrait dans le vestiaire.

L'équipe de Beck prenait le relais là où nous nous étions arrêtés cet après-midi sur le site de l'incendie. Il se glissa sur le banc en face de moi et jeta un coup d'œil entre Cade et moi.

Cade répondit le premier.

« On a sécurisé le périmètre de l'autre côté du petit ravin et près de la rivière. Si vous vous occupez du côté opposé, on devrait être bons.

— Autre chose que mes gars devraient savoir ? demanda Beck.

— Je ne crois pas. Le vent s'est calmé, donc le feu ne se propage plus. Fred fait un survol pour vérifier les alentours », proposai-je, faisant référence à l'un de nos pilotes locaux qui aidait souvent nos équipages à se rendre sur place.

Beck se leva.

« Ça roule. »

Mon téléphone portable sonna et je le sortis de ma poche avant, baissant les yeux pour voir le nom de mon père clignoter sur l'écran.

« Je dois répondre les gars, dis-je en me levant et en m'éloignant.

— Hé papa, quoi de neuf ? demandai-je.

— Hé fiston, j'aurais besoin d'un peu d'aide cet après-midi si tu as quelques minutes, répondit-il rapidement.

— Je viens juste de finir à la caserne. De quoi t'as besoin ?

— On dirait qu'il va pleuvoir ce soir, et j'ai besoin d'un peu d'aide pour ranger le bois de chauffage qu'on nous a livré.

— Bien sûr, je serai là. Donne-moi environ une demi-heure, d'accord ? »

Je quittai la caserne en me demandant si je devais dire à Lucy que je serais à la maison plus tard que d'habitude. Je ris tout seul. Avant il y a quelques jours, je n'y aurais jamais pensé. Elle insistait tellement sur le fait que je devais faire comme je faisais normalement même si elle dormait chez moi. Mais si un autre ami dormait chez moi, je le lui ferais probablement savoir. C'est de la politesse.

Pourtant, maintenant que j'avais été enfoui au plus profond d'elle, aussi près que possible physiquement, chaque action, même les plus simples, semblait chargée. Je savais que mes parents m'inviteraient à dîner. Le prolongement naturel de ce fait serait que Lucy mangerait de la soupe en conserve. Parce qu'elle ne cuisinait *vraiment* pas. J'avais remarqué qu'à moins de lui cuisiner quelque chose, elle attrapait toujours quelque chose de tout fait. J'envisageai de l'inviter chez mes parents, mais je ne savais pas à quel point elle prendrait ça comme du sérieux.

Je ne me laissai pas trop réfléchir. Avant de sortir du parking, je lui envoyai un texto.

Chapitre Vingt

LUCY

Mon téléphone vibra sur la commode. Je venais de finir de prendre une douche et j'enfilai un sweat-shirt. Il faisait frais cette après-midi. Après une journée claire et calme, les nuages étaient arrivés, apportant avec eux un froid nouveau.

Je me dirigeai vers la commode pour jeter un coup d'œil à l'écran de mon téléphone. En tapotant dessus, je vis un texto de Levi.

J'aide mon père à empiler du bois et ma mère à cuisiner. Je me suis dit que tu voudrais peut-être passer. Tu es bien sûr la bienvenue. Ma mère est meilleure cuisinière que moi. ;)

Je fourrai mes mains dans la poche avant de mon sweat-shirt et regardai mon téléphone, comme si le téléphone lui-même était une personne qui se tenait devant moi. Je mâchai l'intérieur de ma joue et me détournai, avançant pour regarder par les fenêtres. Même s'il faisait gris dehors, la vue depuis la chambre d'amis était une touche de couleur. La fenêtre donnait sur un champ d'épilobe. Le fuchsia ressortait encore plus vivement au milieu du paysage terne en cette fin d'après-midi.

Mon cœur battait fort et vite, et je ne savais pas pourquoi. Ça ne devrait pas me stresser de dîner avec Levi et ses parents. C'était quelque chose que n'importe lequel de mes amis proches ici ferait. J'avais dîné avec Amelia et ses parents, ainsi que la famille de Cade et celle de Susannah. Mais je n'avais jamais ressenti ce que je ressentais pour Levi. Il était passé de la catégorie ami occasionnel qui m'agaçait un peu à bien plus. C'est pour ça que son invitation décontractée semblait chargée.

Je me sentais bête et penaude cependant. Si je restais ici, je mangerais probablement de la soupe. J'étais totalement convaincue que la mère de Levi était une excellente cuisinière, ne serait-ce que parce qu'il l'était et il avait insisté sur le fait que c'était grâce à elle. Ce serait bien de ne pas être seule avec mes pensées. Je ne pouvais pas décider si ça lui enverrait un certain message si j'y allais, ou un message si je n'y allais pas.

Oh mon Dieu. Tu dois te calmer bordel. Tu fais tout un plat de rien du tout. Comme l'a dit Amelia, tu peux t'amuser un peu. Ça n'a pas besoin d'être autre chose.

Je chassai mes pensées critiques. Me détournant des fenêtres, j'attrapai mon téléphone, tapant ma réponse avant de réfléchir trop fort.

Merci. Super. J'aurais probablement mangé de la soupe si je restais ici de toute façon.

Dès que je reposai le téléphone, il me vint à l'esprit que je n'avais aucune idée de l'endroit où vivaient ses parents. Me sentant bête, je saisis à nouveau mon téléphone.

Où et quand ?

Sa réponse fut rapide.

Cottonwood Hollow, dernière maison sur la route. Une grande ferme jaune. Viens quand tu veux. Je suis en route. En fait non, oublie. Ne viens pas trop tôt, je sais que tu finirais par essayer d'aider. Comment va ton bras au fait ?

La chaleur tourbillonnait dans mon ventre et s'enroulait autour de mon cœur. Je ne devrais pas savourer de le voir s'inquiéter autant, mais j'aimais ça. Je jetai un coup d'œil à l'attelle à mon poignet. Je n'avais pas ressenti de douleur depuis des jours maintenant et j'étais sur le point de l'enlever. La seule chose qui m'en empêchait était que je savais qu'Amelia ne me lâcherait pas. Levi non plus. Je rougis directement à cette pensée. Parce qu'il ne me lâcherait jamais à ce sujet, et ce que ça disait à son sujet et à quel point une partie de moi savourait le fait qu'il se soucie suffisamment de moi pour me harceler était presque trop pour que je puisse y penser.

Ça marche. Je serai là bientôt. J'ai une main valide. Je peux aider.

Sa réponse fut presque instantanée.

C'est pour avoir une médaille que tu es aussi têtue ? Pas question que je te laisse empiler du bois d'une seule main. N'essaie même pas. Tu peux traîner avec ma mère dans la cuisine. Elle va adorer.

Mon cœur fit une autre chute dans ma poitrine et ma gorge se serra d'émotion.

Chapitre Vingt-Et-Un

LUCY

Le métal froid de mon bracelet en argent glissa entre mes doigts alors que je m'asseyais à la table de la cuisine dans la maison des parents de Levi. La mère de Levi, Gloria, coupait des oignons et bavardait en même temps. J'avais proposé de l'aider, mais elle avait refusé, insistant sur le fait qu'elle était trop autoritaire dans sa propre cuisine.

Je jouais sans relâche avec mon bracelet parce que j'étais stressée. J'étais en train de goûter à une foule de nouveaux sentiments. Je n'avais jamais eu une relation avec un homme où je rencontrais sa famille. Je ne savais pas comment appeler notre relation, mais dans tous les cas je n'avais pas l'impression que dire « ami avec bénéfices » convenait. Donc, c'était déroutant pour moi. Ensuite, il y avait le sentiment étrange de vouloir que sa mère m'aime bien. Je ne m'étais jamais beaucoup souciée de quelque chose comme ça. En ce moment, j'essayais de tenir à distance tous mes troubles intérieurs et de regarder par la fenêtre paresseusement. La voix de Gloria me ramena à la réalité.

« Lucy ? demanda-t-elle.

— Oh je suis désolée. J'appréciais la vue », expliquai-je.

Leur maison était dans un quartier charmant au bout d'une route juste au-delà du centre-ville de Willow Brook. Il y avait un ruisseau étroit qui longeait le bord d'un champ sur le côté de leur maison avec des arbres au loin et le pic de Denali visible au-dessus de la limite des arbres. Le champ était inondé de couleurs par l'épilobe et le lupin, brillant au milieu de la pluie brumeuse qui tombait à l'extérieur.

Gloria m'adressa un sourire alors qu'elle s'arrêtait dans son hachage pour allumer un des feux. Levi avait hérité de ses riches yeux bleus, ainsi que de ses cheveux doré foncé. Les siens étaient tirés en arrière sur sa tête avec une baguette pour être libre de se déplacer dans la cuisine.

Versant rapidement de l'huile d'olive dans la poêle, elle y ajouta les oignons hachés et les remua rapidement. La cuisine était grande et aérée avec une baie vitrée donnant sur la vue. Une table ronde était située devant la fenêtre. Un îlot servait de séparation entre la salle à manger et la zone de travail. Il était clair que la cuisine était le centre de cette maisonnée.

Gloria m'avait fait visiter la maison quand j'étais arrivée, chassant Levi dehors pour aider son père à couper et à empiler du bois. J'avais été brièvement présentée à son père, Brad Phillips. Son père avait un joli sourire, des yeux bleus et des cheveux châtain foncé.

Leur maison avait un grand salon juste en face de la cuisine. Un escalier au centre menait à un couloir avec des portes vers quatre chambres. Après la visite rapide, Gloria m'avait escortée jusqu'à la cuisine où elle m'avait servi du vin. J'en avais été heureuse, n'importe quoi pour soulager mes nerfs à vif.

« C'est une belle vue, n'est-ce pas ? commenta-t-elle.

— Oh oui. Mais bon, c'est difficile de ne pas trouver une belle vue par ici », répondis-je avec un petit rire.

Gloria gloussa.

« Tellement vrai. Où habites-tu ? »

Une question parfaitement innocente. Normalement, je ne réfléchirais pas à deux fois avant de dire que je dormais chez Levi. Pourtant, c'était drôle parce que les trois dernières nuits avaient démontré sans aucun doute que je n'étais pas juste une amie chez Levi. Au contraire, j'avais été aussi intime qu'il était physiquement possible de l'être avec lui. Des picotements commencèrent dans mes orteils, envoyant des picotements dans tout mon corps. Je pris une gorgée de vin et j'essayai de garder un visage impassible.

« Oh, je suis entre deux appartements en ce moment. Levi est adorable et me laisse dormir chez lui pour le moment. Je pense qu'il a eu pitié de moi et m'a invitée à dîner ce soir parce que je suis très mauvaise cuisinière », proposai-je.

Gloria remua à nouveau les oignons et posa la spatule sur le plan de travail avant de se tourner vers moi.

« Il a de la place chez lui, ça c'est certain. Je suis sûre que tu peux rester aussi longtemps que tu as besoin. C'est une période difficile pour trouver une location.

— Ça c'est sûr. C'est ma faute. Je me suis fâchée contre mon dernier propriétaire pour avoir essayé d'augmenter le loyer trop haut. J'aurais dû être un peu plus stratégique dans les négociations », dis-je en roulant des yeux.

Gloria sourit et haussa les épaules.

« Je pense que certains des propriétaires ici font ça juste pour soutirer de l'argent aux touristes quand ils le peuvent. Levi a mentionné que tu possèdes *Kick A** Constructions* avec Amelia Masters. C'est vrai ?

— Tout à fait ! » dis-je, avec un sentiment de fierté naissant.

J'adorais mon travail et j'adorais travailler avec Amelia.

« Vous dirigez l'une des meilleures entreprises de construction de la ville. J'ai dit à Brad qu'il devrait t'embaucher pour le nouveau garage qu'il veut construire. Ça te dérange si je lui demande de t'en parler ?

— Aucun problème. Faites-nous savoir quand. On n'a plus de disponibilités pour cette année, mais c'est bientôt plus la saison pour les nouveaux projets de toute façon. On pourrait faire ça le printemps prochain.

— Je lui dirai d'en parler quand il rentrera. Il aime s'occuper de tout lui-même, mais un gros projet comme celui-là est trop pour lui si tu veux mon avis. Mais revenons à toi, trouver une location maintenant est difficile, mais avec la fin de l'été, c'est le bon moment pour chercher une maison à acheter. Quiconque n'a pas réussi à vendre au cours de l'été sera plus disposé à négocier.

— J'y ai pensé. Je vais devoir trouver un bon timing. »

Gloria hocha la tête puis jeta un coup d'œil par-dessus son épaule lorsque la porte de la cuisine s'ouvrit. Je n'avais pas remarqué que le son régulier du bois qui s'empile avait cessé. Levi et son père passèrent la porte. Au moment où mes yeux se posèrent sur Levi, mon bas ventre se contracta. Avec ses cheveux ébouriffés et ses joues rouges à cause de l'air frais de la fin de l'été, le regarder me fit fredonner de besoin.

L'odeur croustillante d'épicéa fit irruption dans la cuisine alors que son père fermait la porte derrière eux. Levi apportait avec lui une odeur boisée et musquée. Son odeur enflamma la luxure qui me brûlait à chaque fois qu'il était là.

Ne sois pas stupide Lucy. Tu ne peux pas rester assise là à le mater devant ses parents.

La réponse de mon corps fut rapide. *Bien sûr que si. Je ferai ce que je veux.*

La bataille entre mon esprit et mon corps faisait rage ces jours-ci. Je pris une autre gorgée de vin, m'efforçant d'ignorer le besoin qui filait dans mes veines.

Gloria remua à nouveau les oignons avant de se retourner vers Levi et son père.

« Eh bien les garçons, tout le bois est-il empilé ? »

Le père de Levi jeta ses gants de travail dans un panier près de la porte et suspendit sa veste, enlevant ses bottes à l'unisson avec Levi. Il s'avança à côté de Gloria et déposa un baiser dans la courbe de son cou, avant de répondre.

« Bien sûr.

— On a tout déplacé dans la grange et j'ai aussi rempli le panier sur le porche. Vous êtes prêts pour l'hiver », ajouta Levi.

Gloria sourit alors que Levi passait devant elle pour ouvrir le réfrigérateur et en sortir une bière.

« Papa ? appela-t-il par-dessus son épaule.

— S'il te plaît » répondit Brad, se glissant sur un tabouret à côté de l'îlot de cuisine.

Levi se retourna vers le réfrigérateur, tendant une bière à son père, puis se dirigea vers la table pour se glisser dans une chaise à un angle en face de moi. Ses yeux croisèrent les miens alors qu'il arquait un sourcil.

J'espérais qu'il ne pouvait pas dire que je luttais avec mon désir presque constant pour lui.

Ignorant la chaleur sur mes joues, je souris.

« Comment c'était ? »

Comment c'était ? Il empilait du bois. Comment veux-tu que ce soit ? Oh ferme-la.

Je réprimandai mon critique intérieur pour qu'il arrête de pinailler sur tout ce que je disais.

« Entre le travail plus tôt et ça, je vais bien dormir ce soir, ça c'est sûr ! dit-il avec un sourire avant de jeter un coup d'œil à son père. Hé papa, tu devrais parler du garage à Lucy. »

Ses yeux revinrent vers moi.

« Papa veut un garage, alors je lui ai dit qu'il devrait vous demander à Amelia et toi de vous en occuper pour lui. Peut-être au printemps prochain. »

Avant que je puisse répondre, son père nous rejoignit à table.

« Gloria ne me laissera pas le construire moi-même. Elle dit que le projet est trop gros, expliqua Brad avec un sourire ironique. Honnêtement, elle a probablement raison. Je ne suis plus aussi jeune qu'avant. J'aimerais organiser un moment pour discuter avec toi et Amelia pour trouver une place dans votre calendrier pour l'année prochaine.

— Bien sûr. Amelia gère généralement la planification en amont. Je vais lui demander de vous appeler. On peut vous inscrire pour le printemps prochain. Ça vous irait ?

— Bien sûr », répondit-il.

Les yeux de Levi attirèrent les miens, la chaleur accumulée dedans suffisante pour me brûler de l'autre côté de la table. Agitée et empourprée, je me levai brusquement et m'excusai pour aller aux toilettes. J'aspergeai mon visage d'eau froide et maintins mes poignets sous l'eau – n'importe quoi pour me rafraîchir.

Je regardai mon reflet dans le miroir. Mes joues étaient rouges et mes cheveux s'étaient détachés de ma queue de cheval, des mèches pendaient autour de mon visage. Après m'être séché les mains, je lissai mes cheveux en arrière et pris une profonde inspiration, me forçant à survivre au dîner avec les parents de Levi sans ressembler à une fille folle et malade d'amour. Cela n'aidait pas du tout les choses de savoir, au plus profond des parties de mon cœur que j'avais gardées enfermées, que je pourrais en effet être malade *d'amour*.

Quand je retournai à la cuisine, Gloria servait des assiettes avec du caribou, des oignons et des champignons sautés en sauce sur du riz. C'était absolument délicieux. Je lui jetai un coup d'œil entre deux bouchées.

« C'est incroyable », annonçai-je.

Levi croisa mon regard et me fit un clin d'œil avant de jeter un coup d'œil à sa mère.

« Lucy n'est pas vraiment cuisinière.

— J'ai déjà tout avoué, ajoutai-je avec un sourire. Je pensais que tu m'avais invitée ce soir par pitié.

— Bien sûr que non. C'était pour ta compagnie, mais je savais que si je ne t'invitais pas, tu mangerais probablement de la soupe en boîte. »

Gloria haleta.

« De la soupe en boîte ? » demanda-t-elle d'un ton incrédule.

Je haussai les épaules d'un air penaud.

« Ma mère n'était pas très cuisinière, et moi non plus.

— Comment va ta mère ? demanda Gloria pour faire la conversation.

— Je ne l'ai pas vue depuis quelques semaines. Je n'ai pas... »

Mes mots s'éteignirent parce que j'étais un peu confuse que Gloria pose des questions sur ma mère.

« Elle et moi sommes dans le même groupe de tricot », ajouta Gloria, comme si elle devinait le fil de mes pensées.

C'était une nouvelle pour moi. Même si ma mère n'avait jamais beaucoup cuisiné, la seule chose domestique qu'elle faisait était de tricoter. J'avais l'impression qu'elle avait élargi son cercle social plus que je ne le pensais. Je gardai mon expression contrôlée et polie. Je ne voulais pas que la maladresse de ma relation distante avec ma mère soit évidente. Je me demandais si Gloria savait que j'étais une fille en grande partie absente alors que la culpabilité me poignardait.

« Je ne savais pas que vous la connaissiez bien », dis-je, ne sachant pas quoi partager d'autre.

Gloria hocha la tête et sourit en buvant une gorgée de vin.

« Eh bien, j'ai appris à la connaître cette dernière année. Janet a monté ce groupe de tricot et m'a forcée à m'y joindre. Vraiment, je ne sais pas pourquoi on dit qu'on tricote. C'est surtout une excuse pour se retrouver, mais c'est comme ça que j'ai rencontré ta mère. Elle est si fière de toi. »

Je fus soudainement prise de curiosité. Je n'osai pas bombarder Gloria de mes questions, alors je hochai la tête poliment et je souris, soulagée lorsque le père de Levi commença à me poser des questions sur mon opinion sur son projet de garage.

La conversation se poursuivit, le moment qui était probablement gênant uniquement pour moi était passé. Le dîner avec les parents de Levi était agréable et détendu. J'étais plus détendue que je n'aurais jamais pu imaginer l'être en dînant avec la famille d'un homme.

J'aimais bizarrement ça, et j'évitais d'y penser. Après que nous eûmes terminé et que Gloria nous eut empêchés de l'aider à nettoyer, elle dit à Levi :

« J'ai dit à Lucy que j'étais sûre que tu la laisserais rester aussi longtemps qu'elle en aurait besoin pendant l'hiver. Je pense qu'elle devrait trouver une propriété et construire sa maison de toute façon. Tout le reste gaspille de l'argent ici. »

Un éclair de chaleur me parcourut. Je ne pouvais pas croire qu'elle avait dit à Levi de me laisser rester chez lui pendant tout l'hiver. Je faillis cracher la gorgée de vin que je venais de boire. Les yeux de Levi se posèrent sur les miens, empreints d'une lueur subtile.

« Bien sûr qu'elle peut. Je lui ai dit qu'elle pouvait rester aussi longtemps qu'elle en aurait besoin. Pourquoi tu ne prévois pas de faire ça ? » demanda-t-il sur le ton de la conversation.

Malaisant. Il n'y avait aucun moyen poli pour moi de répondre, surtout pas avec la chaleur brûlante dans le regard de Levi qui envoyait des étincelles dans tout mon corps.

« Je vais improviser et voir ce qui se passe », réussis-je à dire avec un sourire poli, en voulant chasser le rouge de mes joues même si je savais que c'était futile.

Ce que je n'avais pas osé dire, c'est qu'il y avait cette petite partie folle de moi – une partie folle qui était soudain devenue vocale – qui sautait pratiquement de joie. Un hiver entier chez Levi serait le paradis, le paradis pur. J'avais presque renoncé à essayer de ne pas penser à lui.

Plus tard dans la nuit, je coupai le contact de ma voiture, jetant un coup d'œil dans mon rétroviseur alors que les phares de Lucy se reflétaient dans l'allée derrière moi. Il ne faisait pas encore tout à fait nuit. Les dîners chez mes parents ne finissaient généralement pas trop tard. Je descendis, marchant pour rencontrer Lucy une fois que son pickup s'immobilisa à côté du mien.

Ses joues étaient rouges et ses cheveux ébouriffés. Avant notre départ, mon père avait insisté pour l'emmener se promener dans le potager de ma mère. Il aimait le montrer parce qu'il savait combien ma mère l'aimait. Elle faisait pousser tout ce qui pouvait être cultivé dans cette partie de l'Alaska, des légumes aux pommiers et cerisiers aux vivaces éparpillées sur la propriété.

Lucy me regarda une fois qu'elle eut fermé la porte de sa voiture.

« C'était sympa. Merci de m'avoir invitée », dit-elle simplement.

Mon corps était un moteur au ralenti à chaque fois

qu'elle était proche. Je ne pouvais pas être près d'elle et ne pas la vouloir. En fait, j'avais dû contrôler ma bite devant mes parents.

Je savais que j'aurais un coup de fil de ma mère demain. Perspicace comme elle l'était, je ne doutais pas une minute qu'elle avait capté la vibration entre Lucy et moi.

Mon père m'avait directement posé des questions sur Lucy, en commençant par :

« Alors tu l'aimes bien, hein ? »

Mon père n'était pas du genre à mâcher ses mots ou à éviter un sujet. J'avais envisagé de ne rien dire, mais ça semblait idiot puisqu'il me connaissait si bien. Alors j'avais avoué et lui avais dit la vérité – c'était la première femme que j'aie jamais rencontrée qui m'avait fait penser à ce qu'il m'avait dit toutes ces années auparavant – que je saurais quand je rencontrerais la bonne.

Il avait souri lentement, le regard affectueux.

« Pas trop difficile de voir pourquoi. C'est une fille adorable. Mais difficile. »

Quand je lui avais demandé ce qu'il voulait dire, il m'avait simplement répondu :

« Tu vas devoir la gagner. »

Je rejouai ses paroles en regardant Lucy et en considérant que j'étais déjà à moitié amoureux d'elle. Elle s'était glissée dans mon cœur et je n'avais même pas essayé de l'en empêcher. C'était tellement rapide et tellement facile, et je le sentais jusqu'au plus profond de moi. Il fallait juste que je fasse attention à ne pas tout gâcher.

———

On se regarda dans la lumière vaporeuse du crépuscule. Le ciel était presque sombre, des stries roses fanées de la dernière gloire du soleil disparaissant avec les étoiles et la lune. Je m'avançai vers elle, attrapant sa main dans la mienne et l'attirant vers moi.

Je voulais dire quelque chose, mais je ne dis rien. Au moment où elle fut proche, elle se tendit brièvement. Elle était tellement tendue la plupart du temps, et je voulais qu'elle sache qu'elle pouvait baisser sa garde avec moi. Je repoussai ses cheveux de son visage et glissai ma main le long de sa colonne vertébrale, en faisant attention à ne pas toucher son poignet.

Elle le remarqua, ses yeux croisant les miens alors que son regard bleu ciel s'assombrissait.

« Ça ne fait pas mal. Tu n'as pas à faire attention. »

Il y avait un soupçon de sourire taquin sur ses lèvres, me faisant savoir qu'elle n'était pas en colère. Incroyable.

Je levai une épaule dans un lent haussement et penchai la tête, mes lèvres caressant sa joue. J'étais tout simplement incapable de résister à l'envie de la toucher.

« Peut-être pas, mais il n'y a rien de mal à faire attention. »

Les mots suivants sortirent spontanément.

« Laisse-moi juste prendre soin de toi. »

Un frémissement de tension parcourut son corps avant qu'elle ne soupire doucement. Je baissai la tête plus bas, époussetant des baisers le long de son cou. Sa tension fondit alors qu'elle se mouvait contre moi, son bras valide glissant autour de ma taille.

Je voulais y aller doucement. Mais ensuite sa langue s'emmêla sensuellement avec la mienne et sa main glissa sous ma chemise pour explorer mon torse. Son toucher était comme un éclair, envoyant des traînées d'électricité à la surface de ma peau partout où elle touchait. Notre baiser devint fou. Ma main s'emmêla dans ses cheveux tandis que je glissais l'autre le long de sa colonne vertébrale pour prendre ses fesses rebondies, la tirant fermement contre la bosse de mon pantalon.

Lucy me rendait fou. Je m'accrochais à un mince fil de contrôle. Après des heures passées à essayer de contenir mon désir, le besoin me cinglait.

Je la soulevai contre moi. Ses jambes s'enroulèrent facilement autour de mes hanches alors qu'elle enroulait ses bras autour de mon cou. Ses halètements et ses gémissements m'incitaient à continuer. Aucune idée de comment, mais je réussis à marcher avec elle dans les bras en l'embrassant. J'avais plus besoin d'elle que d'air. Notre baiser était un nœud chaud et humide.

Heureusement, elle était légère. Je réussis à monter les marches du porche et à franchir la porte sans qu'on se retrouve tous les deux au sol. En fermant la porte derrière nous, je me retournai. Pendant un instant, j'eus peur d'être trop brutal quand j'entendis le bruit de la porte contre son dos. Je commençai à faire une pause et à m'éloigner.

« Oh mon Dieu, je ne suis pas en sucre », marmonna-t-elle, sa voix rauque.

Un autre baiser profond et électrisant, puis elle s'échappa de ma prise et ouvrit violemment mon jean. Avant que je puisse me démener pour prendre le contrôle, elle poussa mon slip et se retourna, me poussant contre la porte.

Sa main s'enroula autour de ma bite alors qu'elle la libérait. Je gémis, ma bite dure comme un roc, dégoulinante et coulante au gland. Je baissai les yeux sur elle, ses cheveux enchevêtrés autour de son visage, ses joues rouges et ses lèvres gonflées.

Sa langue sortit alors qu'elle se lançait dans un tourbillon autour du bout de ma bite, faisant glisser la goutte de sperme dans sa bouche, avec un sourire rusé. Mes genoux fléchirent presque. Je repoussai ses cheveux de son visage, m'accrochant à peine à mon contrôle alors qu'elle m'attirait dans sa bouche.

Accompagnant la succion chaude et humide de sa bouche faisant des va-et-vient, sa main s'enroula autour de la base de ma bite et sa prise humide glissa au rythme de sa bouche. Elle me poussa près de mon point de rupture. J'avançais vers ma libération plus vite que je ne le voulais.

« Lucy, j'ai besoin de... »

Tout ce que je voulais dire était perdu dans la vague de plaisir qui s'écrasait sur moi alors que je jouis dans sa bouche. Elle avala ma libération, reculant alors que je m'affaissais contre la porte.

Sa langue glissa sur ses lèvres, envoyant un autre coup de besoin à travers mon corps. Je ne pensais pas me lasser un jour d'elle. Je la redressai, la soulevant contre moi. J'avais l'intention de l'emmener en haut, de lui faire l'amour pour de vrai. Mais elle n'avait pas le même plan du tout.

Elle tira sur ma chemise, me faisant presque perdre l'équilibre. Elle m'assit à côté du canapé en riant, je retirai ses vêtements, déchirant son chemisier et faisant glisser son jean sur ses hanches. J'étais toujours surpris à chaque fois que je voyais ses sous-vêtements — ce soir, ils étaient en coton rose vif.

Je passai la main entre ses cuisses pour trouver le coton imbibé et collant de son excitation. Je fis glisser mes doigts sur le tissu, savourant le sifflement de son souffle. Se mordant la lèvre avec un sourire, elle me jeta un coup d'œil. Je la fixai alors qu'elle se tenait devant moi, sa chemise ouverte, ses mamelons tendus contre la soie de son soutien-gorge. Penché en avant, je passai ma langue sur la soie et les petites perles raides. Elle cria, se cambrant contre moi, et je ne pouvais plus attendre. J'avais besoin qu'elle soit nue. Jetant son soutien-gorge et poussant sa culotte vers le bas, je la fis tourner là où nous nous tenions. Enlevant le coton rose de sa cheville, ses mains s'enroulèrent sur le dossier du canapé.

Avec le besoin qui rugissait en moi, la douce voûte de sa colonne vertébrale et la vue de son cul luxuriant me firent presque craquer.

Chapitre Vingt-Trois

LUCY

Mes mains agrippaient le dossier du canapé, mes doigts s'enfonçaient dans le coussin en tissu. Levi démêla ses doigts de mes cheveux, sa paume glissant le long de ma colonne vertébrale sur un chemin de chaleur brûlante. Je me cambrai sous son toucher, mourant d'envie d'en avoir plus.

La peau chaude et veloutée de son membre frôla mes fesses avant qu'il ne glisse sa main entre mes cuisses, écartant mes jambes avec son genou alors que ses doigts fouillaient mes plis. J'étais trempée.

Je me reconnus à peine alors que je criais en gémissant son nom. Soudain, Levi marmonna autre chose avant de reculer rapidement. Je commençai à me redresser, jetant un coup d'œil par-dessus mon épaule.

« Où...

— Capote, dit-il d'un ton bourru. Faut que je monte. »

Je secouai vivement la tête.

« C'est pas grave. Je prends la pilule. »

Il me fixa, ses yeux plongés dans les miens. Je me sentis soudain vulnérable.

« Je ne sais pas à quoi je pensais. Je veux dire... » commençai-je à dire.

Il secoua vivement la tête, ses mains s'enroulant à nouveau autour de mes hanches.

Je prenais la pilule depuis des années. C'était plus une question de commodité qu'autre chose.

Malgré tout, je n'avais jamais eu de relations sexuelles sans préservatif. Pas même la fois fatidique où j'avais perdu ma virginité. Bien que le gars ait été un abruti, il avait utilisé un préservatif.

Je regardai Levi par-dessus mon épaule. Sa main sur ma hanche était une marque brûlante, nous brûlant ensemble. Je ne voulais pas qu'il monte à l'étage et attrape un préservatif. Je ne voulais rien qui me fasse m'arrêter et réfléchir. Je secouai à nouveau la tête, poussant mes hanches contre lui.

« J'ai besoin de t'avoir », dis-je brutalement.

Je me libérai de son regard. C'était trop intense, trop intime.

« D'accord, dit-il doucement. Tu es... »

Je le coupai, anticipant qu'il était sur le point de demander si j'étais sûre.

« Si je ne voulais pas je l'aurais dit. »

Je ne voulais pas penser, je voulais me perdre dans la sensation. Il s'approcha, la tête de son sexe glissant dans mes replis. Il était dur et épais, même s'il était venu dans ma bouche quelques instants auparavant. Je ressentis une vague de soulagement, sachant peut-être qu'il était autant attiré par moi que je l'étais par lui. Il me taquina, enduisant sa bite de mon jus alors qu'il la faisait glisser d'avant en arrière.

Avec un autre gémissement, le suppliant de me donner ce dont j'avais besoin, il le fit enfin. Il s'enfonça à l'intérieur, lentement et sûrement, m'étirant et me remplissant. S'asseyant profondément, il se tint immobile un instant, ses mains tenant mes hanches. Je me cambrai en arrière, me pressant contre lui. Sa paume glissa le long de ma colonne vertébrale, son toucher était comme une flamme de chaleur, envoyant des étincelles dans le feu qui brûlait déjà à l'intérieur.

J'étais enflammée à l'intérieur comme à l'extérieur, incontrôlable, et je m'en fichais. Mon besoin était comme une tempête en moi, me poussant dans une frénésie. Sa main glissa dans mes cheveux alors qu'il commençait à me caresser, s'étirant complètement et s'enfonçant encore et encore. Le va-et-vient en moi me fit danser vers l'orgasme. Il murmura des mots excitants et sales.

« Lucy, tu me rends fou. Tu es tellement sexy. »

Quand je gémis après qu'il m'eut donné un gros coup de rein, il marmonna :

« Ta chatte est tellement bonne, tellement serrée. »

Pendant tout ce temps, j'haletais, je gémissais et criais son nom à chaque poussée. Ce n'était pas doux, c'était dur et ferme, exactement ce dont j'avais besoin. C'était le seul moyen d'assouvir mon besoin infini de lui.

Dans la foulée d'un profond coup de rein, je le sentis commencer à se contracter. Il relâcha sa prise sur ma hanche, passant sa main et faisant tourner ses doigts sur mon clitoris.

Mon apogée s'écrasa sur moi, le plaisir me frappa comme des étincelles sur du métal, s'éparpillant à travers moi partout. J'en étais presque molle, entendant à peine son cri guttural alors que la chaleur de sa libération me remplissait.

Je me tenais là, mes mains agrippant le dossier du canapé avec ma tête baissée alors que je reprenais mon souffle. Levi se redressa lentement, ses mains me tenant fermement au niveau des hanches. Mon cœur battait à tout rompre, et ce n'était pas simplement à cause de l'effort. J'eus soudain l'envie de pleurer, non pas de tristesse, mais à cause de la profondeur de l'émotion qui me parcourait.

Je ne savais pas quoi en faire. J'essayai donc simplement de reprendre mon souffle, n'ayant aucune idée du temps qui passait. Je ne réalisais pas que j'avais froid jusqu'à ce qu'il parle.

« Tu as froid », dit Levi, ses mains glissant sur ma peau, son toucher chaud et réconfortant.

Je levai la tête, jetant un coup d'œil par-dessus mon épaule et espérant que la faible lumière masquerait les larmes qui coulaient au fond de mes yeux.

« Je suppose. »

Il recula, mais avant que la sensation de lui en moi me manque, il me souleva dans ses bras et me porta à l'étage. Il faillit trébucher dans les escaliers.

Je ris, me sentant émotive et étourdie.

« C'est ce qui se passe quand on essaie de monter les escaliers avec son jean à moitié baissé. »

Je sentis son sourire contre mes cheveux.

« Très vrai », dit-il dit en montant la dernière marche et en entrant rapidement dans la salle de bain.

En quelques secondes, la vapeur remplissait la salle de bain et il me tirait dans la douche après s'être arrêté pour m'aider à retirer mon attelle. L'eau chaude s'abattit sur nous. Il y eut quelques instants avant que je ne réalise que c'était maintenant la deuxième fois que je prenais une douche avec lui. Je n'avais jamais pris de douche avec quelqu'un d'autre auparavant.

Moi, la reine des coups d'un soir, au mieux une fois par an. Et encore. Je n'aurais jamais partagé l'intimité d'une douche. Je regardais pendant qu'il penchait sa tête sous l'eau pour rincer le shampooing, de l'eau et des bulles de savon coulaient sur son corps.

Ça ne devrait même pas être légal d'être aussi beau que ça. Ma bouche s'était asséchée rien qu'en le regardant, et mon canal tremblait autour de sa bite quelques minutes plus tôt. Je devrais être rassasiée, mais je commençais à douter de pouvoir jamais l'être quand il s'agissait de Levi.

Sa peau était bronzée, son corps durci, mais pas de la manière polie d'un homme qui s'entraîne. Au contraire, sa forme physique était une masculinité pure et brute. Il exerçait un travail dangereux, un travail qui exigeait une force et une ténacité sans limites. Avec ses yeux fermés alors que l'eau se déversait sur lui, je regardais à ma faim, mes yeux avides parcourant sa poitrine musclée, le long de ses hanches jusqu'à ses jambes fortes. Même au repos, il n'y avait pas un centimètre de lui qui n'était pas dur. Un sourire se dessina au coin de ma bouche lorsque je me corrigeai. À ce moment particulier, sa bite n'était pas dure... même si elle l'était généralement quand j'étais là.

Je n'avais jamais beaucoup réfléchi au pouvoir que je pouvais avoir sur un homme. Pourtant, avec Levi, je me sentais à la fois puissante et vulnérable.

Ses yeux s'ouvrirent alors qu'il levait la tête, captant mon regard à travers l'eau et la vapeur. En un éclair, sa main s'enroula autour de la mienne, et il m'enroula contre lui, baissant la tête et attrapant mes lèvres dans un baiser. Mon cœur battait fort dans ma poitrine. Je ne pouvais rien contrôler de tout ça, et je ne savais pas comment.

J'essayais de reprendre le contrôle de mes émotions, puis laissai tomber. Je me laissai aller à la sensation de son corps musclé contre le mien, l'eau chaude et la vapeur nous cocoonant dans notre propre petit monde. J'aurais pu l'embrasser pendant des jours et des jours et des jours.

Lorsqu'il se recula, repoussant mes cheveux mouillés et emmêlés de mon front, je croisai son regard.

« Tu es vraiment doué. »

Il sourit, un de ses sourires délicieux et renversant.

« Doué pour quoi ?

— Embrasser.

— Je ne pense pas que ce soit moi. Je pense que c'est nous. »

Le moment parut soudain lourd. Je voulais m'enfuir, mais je ne pouvais pas. Parce que peu importe à quel point ça me faisait peur, le besoin d'être proche de lui l'emportait sur tous les autres instincts. Avec ses yeux rivés sur les miens, sans un mot prononcé, c'était comme s'il sentait l'anxiété commencer à fleurir en moi.

Avec un léger sourire, il allégea le moment.

« Eh bien, tu as chaud maintenant. »

Je ne riais pas beaucoup, mais Levi me faisait rire. Bien plus que je ne voulais l'admettre. Avec un petit rire, je levai les yeux vers lui à travers la vapeur.

« C'est vrai. »

Il coupa l'eau, sortit et me tendit la serviette.

Par miracle, il s'était souvenu de me rappeler d'enlever mon attelle avant de prendre une douche. Je ne voulais pas dormir avec et le dis. Il ouvrit la bouche comme pour argumenter puis la referma brusquement.

« Puisque tu ne m'as pas dit quoi faire, je vais la porter. J'ai hâte de voir le médecin la semaine prochaine. »

Une minute plus tard, il nous mettait au lit. Son lit était doux, les draps en coton frais contre ma peau. Je ne pris même pas la peine de ne pas me blottir contre lui. Dormir avec lui, c'était comme avoir un radiateur personnel. J'essayais de m'installer sans que mon attelle ne le touche quand sa voix vint au-dessus de ma tête.

« Je ne la sens même pas. Une fois au lit, je dors quand je suis avec toi. Eh bien, sauf pour le sexe », annonça-t-il.

Je pouvais sentir son sourire contre mes cheveux. Je ris et laissai ma main retomber sur son torse. Je m'endormis facilement, me sentant au chaud et protégée dans son étreinte.

Chapitre Vingt-Quatre

LEVI

Quelques jours plus tard, je frappai rapidement à la porte de la cuisine de la maison de mes parents avant d'entrer.

« Hé maman, appelai-je. J'ai reçu ton SMS. »

Un bruit de pas m'atteignit alors qu'elle descendait les escaliers et traversait le couloir jusqu'à la cuisine. Ses cheveux blonds étaient tirés en chignon avec un crayon.

« Salut chéri, dit-elle en s'approchant de moi et en me faisant un bisou sur la joue. Café ?

— Bien sûr, répondis-je en ôtant ma veste et en la jetant sur le porte-manteau près de la porte. Alors, qu'est-ce qui ne va pas avec ton lave-vaisselle ?

— Si j'avais su ce qui n'allait pas, je ne t'aurais pas appelé. »

Je ris.

« Pas faux. Tu aimes réparer les choses toi-même quand tu le peux, comme Lucy. »

Ça m'avait échappé. Tant pis.

Ma mère se détourna de la cafetière en me tendant une tasse. Café noir, comme je l'aimais. Je pris une gorgée et me préparai à ce qu'elle commente ce que je venais de dire.

Elle ne me déçut pas.

« Lucy a l'air d'être une femme indépendante. Je l'aime bien », dit-elle ostensiblement.

Son regard perspicace m'évaluait, mais je n'avais rien à cacher.

« Je suis content qu'elle te plaise, dis-je enfin. Elle me plaît aussi. »

Elle sourit lentement.

« J'ai remarqué. »

Je reposai mon café et me dirigeai vers le lave-vaisselle. Après l'avoir manipulé pendant un moment, je lui jetai un coup d'œil.

« Tu as vérifié le drain ?

— J'ai essayé, mais je n'arrive pas à le dévisser. »

En ouvrant la porte, je m'agenouillai et me penchai à l'intérieur du lave-vaisselle. Je l'entendis s'appuyer contre le comptoir à proximité pendant que je travaillais. Le drain était probablement le coupable, et il ne se desserrait pas facilement.

« Sérieusement, Lucy est merveilleuse. J'ai posé des questions à sa mère. », ajouta-t-elle.

Je gémis, j'aurais préféré que ma mère ne soit pas si curieuse. Avec ma tête à l'intérieur du lave-vaisselle à ce stade, elle ne pouvait pas me voir lever les yeux au ciel, ce qui était probablement une bonne chose.

« Maman, je sais que tu tiens à moi et je sais que tu vas être curieuse, mais ne mets pas Lucy mal à l'aise. S'il te plaît, dis-je, ma voix étouffée par le lave-vaisselle.

— Jody ne dira rien. Je la connais bien. Après que tu as amené Lucy à dîner, je voulais juste en savoir un peu plus sur elle. Elle est belle et brillante, mais elle est vraiment discrète. Elle avait l'air un peu, enfin je ne sais pas, réservée ? Je ne dirais pas qu'elle était timide, mais... »

Je me penchai hors du lave-vaisselle avec une poignée de crasse qui avait été entassée dans le drain. Ma mère posa son café et attrapa rapidement la poubelle pour moi. Je me levai et me lavai les mains dans l'évier.

« Réservée est une façon de le dire. Qu'espérais-tu que sa mère te dise ? » demandai-je.

Je ne pouvais pas m'en empêcher, mais j'étais très curieux. Lucy n'en parlait peut-être pas beaucoup, mais il était clair qu'elle n'était pas particulièrement proche de sa mère.

Pendant que ma mère nettoyait, je vérifiai à nouveau le lave-vaisselle. Après avoir réinitialisé le panneau de commande, il démarra tout de suite. Je pris mon café et m'appuyai contre le comptoir, attendant ma mère.

Jetant une serviette en papier à la poubelle, elle retourna à sa place près du comptoir et prit une bonne gorgée de café.

« Eh bien, je ne savais pas ce que sa mère me dirait, mais j'en ai beaucoup appris. Elles ont déménagé ici après que Lucy a été en famille d'accueil pendant un an. »

Ma bouche s'ouvrit tandis que je la fixais.

« Quoi ? réussis-je enfin à dire.

— Tu as l'air aussi choqué que moi. Son père était violent et sa mère est restée avec pendant des années. Selon sa mère, il n'a été violent avec Lucy qu'une seule fois, mais c'est ce qui l'a amenée en famille d'accueil. »

La colère me traversa, brûlante. Mes doigts agrippèrent fermement le bord du comptoir, le besoin physique de frapper quelque chose me parcourant. Pourtant, l'homme que j'avais besoin de frapper était loin, et ce ne serait pas magique de frapper le mur de la cuisine de ma mère.

Je tournoyais à l'intérieur, essayant de digérer. Les yeux de ma mère croisèrent les miens. Je devais avoir l'air vide parce que j'étais pratiquement engourdi, alors elle continua.

« Sa mère n'avait pas la force de quitter son père, alors Lucy est allée en famille d'accueil pendant un an. Elles ont déménagé à Willow Brook quand Jody a enfin eu le courage de partir. Elle a dit qu'elle savait qu'elle devait quitter l'État pour lui échapper, alors c'est ce qu'elles ont fait. »

J'avalai le reste de mon café, ayant besoin d'amertume. J'étais renversé à l'intérieur, essayant de m'en remettre. Agité, je me poussai du comptoir et me servis une autre tasse de café.

« Sa mère sait que tu as amené Lucy pour le dîner parce que je l'ai mentionné. Elle était ravie d'entendre que Lucy te voit. »

Ici, ma mère s'arrêta, assez longtemps pour me faire comprendre qu'elle en savait probablement plus et ne me le disait pas.

« Qu'est-ce que tu ne me dis pas ? »

Elle me dévisagea attentivement, posant son café.

« Tu dois l'entendre de Lucy, pas de moi. »

Je regardai ma mère.

« Débile. »

Son regard s'adoucit.

« Chéri, sa mère me l'a dit en toute confiance, principalement parce que je pense qu'elle s'inquiète pour Lucy. »

Son regard était calme, ferme et implacable. Je pris une rapide gorgée de café, essayant d'absorber tout ça et me sentant impuissant.

« Je suppose que ce serait fou si j'allais en Californie pour taper son connard de père ? »

Les yeux de ma mère étaient tristes en me regardant.

« Ce ne serait pas fou, mais je ne pense pas que ça aiderait. À moins que Lucy te demande de remuer les choses comme ça, ça ne changerait rien, dit-elle doucement.

— Je pourrais le battre comme il l'a battue », dis-je à voix basse, la colère vibrant en moi.

Ma mère s'avança vers moi, prenant mon visage dans ses mains alors qu'elle levait les yeux vers moi.

« Je t'aime. Tu étais un bon petit garçon, et tu es un homme bon. Je comprends parfaitement pourquoi tu voudrais faire ça, mais tu dois laisser faire. À moins que Lucy ne veuille que tu le fasses, reste en dehors de ça », dit-elle, ses mains glissant vers le bas pour serrer mes épaules avant de reculer.

L'émotion et la colère se mêlèrent ensemble dans une violente tempête en moi. Pourtant, je savais que ma mère avait raison. C'était l'histoire de Lucy, et je ne pouvais pas m'y attaquer comme ça. Elle avait déménagé ici quand elle était en terminale, donc c'était il y a plus de dix ans maintenant.

« Comment est-ce que je peux en parler à Lucy ? » demandai-je en regardant ma mère.

Ma mère sirota son café, son regard réfléchi.

« Il y a un temps et un lieu pour tout, et tu sauras quand c'est le bon moment. »

Je pris une autre gorgée b{e café, savourant l'amertume, juste ce dont j'avais besoin en ce moment. Je savais qu'elle avait raison. Je devrais attendre, et j'espérais que Lucy me le dirait elle-même.

Chapitre Vingt-Cinq

LEVI

La semaine suivante, je montai les marches du porche, heureux de découvrir que Lucy était arrivée à la maison avant moi. J'avais appris aujourd'hui que mon équipe était appelée pour une rotation sur un incendie dans les terres d'Alaska qui ne voulait tout simplement pas s'arrêter. Les vents avaient à nouveau tourné, renvoyant le feu vers des villages autochtones de l'Alaska.

Je voulais plus de temps avec Lucy avant de partir pour ce qui serait probablement plus d'une semaine. En fermant la porte derrière moi, je la trouvai debout au comptoir de la cuisine avec des provisions éparpillées partout. Elle avait l'air confuse. Mes yeux se baissèrent pour remarquer que l'attelle bleue distinctive avait disparu. Enlevant mes bottes et accrochant ma veste à un crochet près de la porte, je me dirigeai droit vers elle, baissant la tête et déposant un baiser le long de son cou.

Je ne saurais dire pourquoi, mais ces derniers jours, elle semblait plus à l'aise avec moi, comme si elle baissait enfin sa garde.

« Ils ont retiré ton attelle », murmurai-je en glissant mes bras autour d'elle, mes mains reposant sur la douce courbe de son ventre.

Ses yeux se penchèrent sur les miens.

« Enfin, dit-elle, un léger sourire ornant ses lèvres.

— T'as besoin de faire des exercices ou autre ? » demandai-je.

Elle haussa les épaules contre ma poitrine.

« Juste y aller doucement et ne pas en faire trop.

— Ah, je suis sûr que tu peux t'en sortir là-dessus », répondis-je avec un petit rire.

Elle tapa sur ma poitrine avec le dos de sa main.

« Je peux m'en sortir parfaitement ! »

Je scannai l'ensemble des provisions sur le comptoir. Elle n'était pas allée faire les courses depuis ma dernière observation sur son choix intéressant de produits d'épicerie.

« C'est pour quoi tout ça ? demandai-je.

— Je prépare le dîner, annonça-t-elle fermement.

— Oh », dis-je, essayant de garder mon inquiétude pour moi.

Mon regard passe des courses à elle, un sourire étirant les coins de ma bouche.

Son regard se posa sur le mien, et elle mordit sa lèvre inférieure, ses yeux brillants d'humour.

Je regardai ce qui était éparpillé sur le comptoir, une ribambelle de légumes et du riz.

« Qu'est-ce que tu cuisines ? demandai-je enfin.

— Fajitas au poulet. »

Il y eut une longue pause avant qu'elle ne reprenne la parole.

« Mais j'ai oublié le poulet, expliqua-t-elle, un sourire penaud sur ses lèvres.

— On ne peut pas vraiment faire de fajitas au poulet sans le poulet », observai-je.

Elle secoua la tête avec un soupir.

« C'est ce que je me disais aussi. »

Elle se retourna dans mes bras.

« Je voulais te faire une surprise. Ta mère m'a dit que tu aimais les fajitas au poulet. »

Quand ses yeux rencontrèrent les miens, une rougeur fleurissante sur ses joues, mon cœur se serra – fort – dans ma poitrine.

J'étais foutu. J'étais tombé tellement amoureux de Lucy, je faisais tout ce que je pouvais pour ne pas l'annoncer de suite. Mais je devais faire attention avec elle. Elle était sauvage de nature. C'était un geste énorme qu'elle ait cherché un de mes plats d'enfance préférés et qu'elle veuille le faire pour moi.

J'essayais d'imaginer la conversation avec ma mère. Que Lucy ait trouvé d'une manière ou d'une autre ce petit détail envoya une émotion tournoyer autour de mon cœur et se nouer dans ma gorge. Je déglutis.

« J'ai du poulet dans le congélateur, proposai-je en m'efforçant de garder un ton décontracté. Tu as déjà préparé des fajitas au poulet ? »

Elle secoua rapidement la tête puis fouilla dans la poche avant de son jean, en sortit un morceau de papier qu'elle me tendit.

La recette de ma mère était griffonnée dans son écriture. Je la connaissais par cœur parce que ma mère l'avait faite tellement de fois quand j'étais enfant et la cuisinait toujours aujourd'hui.

« Comment t'as eu la recette ? »

Quand je regardai Lucy, ses joues étaient toujours rouges.

« J'ai demandé à ta mère. Je voulais te surprendre mais tu es rentré plus tôt que je ne le pensais. Je ne sais pas non plus très bien cuisiner, mais tu le sais déjà.

— Je vais aider », proposai-je.

Son sourire était si large que je ne pris pas la peine d'essayer de me retenir de la rapprocher. Elle gloussa quand je la soulevai contre moi et lui volai son sourire avec mon baiser.

———

Plus tard dans la nuit, après ce qui allait être l'une des meilleures nuits de ma vie, je m'allongeai au lit avec Lucy contre mon torse. Sa peau était humide contre la mienne et notre respiration était haletante. Ma bite était toujours enfouie profondément en elle. Je venais de me dépenser en elle pendant qu'elle s'écroulait dans mes bras. Ses jambes étaient enroulées contre mes côtés et ses courbes luxuriantes se pressaient contre moi où elle s'était effondrée après avoir crié mon nom.

Alors que le tonnerre de mon rythme cardiaque ralentissait et que je parvenais à reprendre mon souffle, j'entendis Ham se précipiter dans la chambre, ses petites pattes grattant le parquet. Je sentis Lucy sourire contre ma poitrine.

« J'adore le fait que tu aies un hamster », dit-elle avec un petit rire, son souffle caressant ma peau.

Passant lentement une main dans ses cheveux et le long de sa colonne vertébrale, un sourire tira les coins de ma bouche.

« Jasmine me l'a donné. Je pensais que c'était bête, mais elle a dit que j'avais besoin de compagnie. Ma sœur est un peu autoritaire parfois. Je suis content quand même. C'est un petit gars amusant. »

Je fis une pause, réalisant que j'avais besoin de lui dire que je partais pour l'arrière-pays dans quelques jours. Je ne voulais pas y aller. Elle dut me sentir tendu parce qu'elle leva la tête, posant son menton sur ma poitrine.

Le clair de lune projetait une lueur douce par la fenêtre, je pouvais voir clairement ses yeux, bleus dans la lumière argentée.

« Quoi ? demanda-t-elle.

— J'étais sur le point de dire que le seul souci est de trouver quelqu'un pour s'occuper de Ham quand je suis en mission. Habituellement, mes parents s'occupent de lui, mais ça m'a rappelé qu'on part après-demain pour s'occuper d'un incendie dans le nord.

— Demain ? » demanda-t-elle, ses yeux s'écarquillant légèrement.

Je pouvais sentir son cœur battre d'un cran plus fort contre ma poitrine.

« Pas demain. Après-demain. »

Je m'arrêtai, réfléchissant à mes paroles. Je décidai d'ignorer ma propre retenue.

« J'espérais pouvoir te demander de prendre soin de Ham pendant mon absence. »

Elle se tenait immobile, mais je pouvais sentir la tension vibrer dans son corps et je pouvais pratiquement voir les roues tourner dans sa tête. Elle réfléchissait tellement fort à tout.

Après un moment, alors que je commençais à devenir nerveux, pensant qu'elle allait me dire qu'elle ne pouvait pas, elle hocha la tête.

« Bien sûr. Je suis là de toute façon, dit-elle doucement, les yeux légèrement voilés.

— Merci. Ham t'aime bien. »

Lucy gloussa, ce regard prudent dans ses yeux se dissipant.

« Tu penses ?

— Bien sûr. Il faisait une sieste sur tes genoux tout à l'heure. »

Après le dîner, nous nous étions allongés un peu sur le canapé et Ham s'était blotti sur ses genoux.

Ma main glissait toujours lentement de haut en bas dans son dos. Elle me regarda, ses yeux rivés sur mon visage.

« Je suis sûre que je trouverai bientôt mon propre appartement », dit-elle soudainement.

L'espace d'un éclair, mon cœur loupa un battement et une douleur aiguë me transperça. Ma main s'immobilisa puis je la forçai à continuer de caresser sa peau soyeuse. Je voulais dire : « Ne pars pas. Reste avec moi. »

Pourtant, je ne dis rien.

« Tu peux rester ici tout l'hiver si tu en as besoin », m'entendis-je dire.

Son regard scruta mon visage alors que des mots et des émotions se nouaient dans ma gorge. Pendant un instant, je pensai qu'elle n'allait pas répondre, mais elle hocha la tête.

« Merci, dit-elle doucement. Je suis toujours à la recherche d'une location. Franchement, j'aurais peut-être plus de chance de trouver une location saisonnière juste pour l'hiver. »

Je déglutis contre l'émotion en serrant chaque muscle de mon corps et me forçai à garder mon toucher léger et facile. Je voulais la serrer fort et lui dire qu'elle n'avait pas à tout faire seule.

Elle me regarda, mâchant l'intérieur de sa joue, une habitude qu'elle avait quand elle s'inquiétait de quelque chose, j'avais remarqué ça au fil du temps.

Ses doigts glissèrent légèrement sur ma poitrine.

« Donc tu pars après-demain ? »

À mon hochement de tête, elle continua.

« Pour combien de temps ?

— On ne sait pas toujours. Habituellement, c'est une semaine ou deux, mais on peut rester plus longtemps en fonction de l'évolution de l'incendie et des conditions météo. »

Dans le silence, elle me fit sursauter lorsqu'elle leva un doigt et traça mes sourcils.

« Oh, eh bah, j'espère que tu ne seras pas parti trop longtemps. »

Ses mots me frappèrent fort, et je voulais en dire plus, mais l'incertitude dans ses yeux me retint. Je hochai simplement la tête.

Son toucher glissa le long de ma pommette, venant s'arrêter dans la courbe de mon cou. Elle posa à nouveau sa tête contre ma poitrine, son souffle frémissant contre ma peau. On s'endormit comme ça.

Chapitre Vingt-Six

LUCY

Le lendemain, j'aurais dû être de bonne humeur. J'avais enfin été autorisée à faire plus que des travaux légers. Rien de plus qu'un petit discours de mon médecin me disant de me calmer et ne pas pousser trop.

Une brise fraîche d'été soufflait sur mon visage pendant que je travaillais. J'aimais travailler dans la construction parce que ça impliquait d'être à l'extérieur. L'effort physique était également satisfaisant et avait tendance à me sortir de mes anxiétés. L'aspect physique du travail et la prévisibilité calme me convenait. Il n'y avait rien d'incertain à mesurer une planche pour une coupe. Tout était prévu dans des plans soignés et organisés.

Si seulement la vie pouvait être comme ça, peut-être que là je pourrais me détendre. J'avais déjà vu une thérapeute, quand j'étais en famille d'accueil. Elle avait été assez gentille, mais à l'époque j'étais amère et fatiguée de la vie. Aucun enfant ne devrait être si fatigué au lycée au point que tout ce qu'il espère est une vie ennuyeuse. Même si j'avais enfin échappé à mon père, je devais m'inquiéter pour ma mère, ce que je faisais tout le temps. J'étais toujours sur le qui-vive, attendant le revers de la médaille en famille d'accueil.

Ma thérapeute m'avait parlé du traumatisme et de la façon dont ça pouvait nous rendre hyper-vigilant. Elle avait décrit ça comme le fait d'être toujours à l'affût de tout ce qui m'entourait, et elle pensait que c'était ce que je faisais. Même si je détestais, vraiment, admettre que j'avais des faiblesses, elle avait mis le doigt sur ce que je ressentais tout le temps. Je ne me souvenais pas d'un seul moment de ma vie où j'avais pu me détendre et ne pas m'inquiéter de ce qui pourrait arriver ensuite.

L'anxiété fleurissait dans ma poitrine. Les choses allaient si bien avec Levi. Même si j'avais fait atten-tion, je me laissais aller à la détente et en profitais un peu trop.

Son départ imminent, tout à fait attendu compte tenu de son travail, m'avait rendue nerveuse, inquiète et m'avait bousculée dans mes émotions.

C'est pour ça que tu ne peux pas être heureuse.

Ma voix sarcastique, toujours présente et doutant de moi me narguait.

Je fus sauvée de mes batailles internes quand Amelia s'arrêta à mes côtés.

« Je pense qu'on en a assez maintenant », dit-elle avec la pointe d'un rire dans la voix.

Je levai le regard pour trouver ses yeux ambrés plissés dans les coins par son sourire. En regardant vers le sol, je réalisai que j'avais coupé plus de planches que ce dont nous avions besoin pour cette pièce en parti-culier. Me retournant vers elle, je levai les yeux au ciel en riant.

« J'ai perdu le fil. Ça faisait trop de bien d'avoir deux mains. »

Elle ne dit rien, son regard évaluant mon visage. Je

gémis intérieurement. Amelia me connaissait mieux que quiconque.

« Tu vas bien ? »

Au moment où elle demanda, l'émotion claqua dans ma poitrine. J'étais terrifiée. Je m'étais laissée tomber amoureuse de Levi, et je n'avais même pas remarqué. J'aurais dû le savoir, mais je n'avais jamais été amoureuse, je n'avais même jamais pensé que ça pourrait m'arriver.

Pendant un instant, j'envisageai d'éviter sa question. Mais, elle le verrait.

Je terminai la dernière coupe à la main et l'appuyai contre le mur avec le reste des planches bien rangées. En me retournant, je posai mes hanches contre le support de la scie et je levai les yeux vers elle, en croisant les bras.

« Je ne sais pas quoi faire », dis-je avec un soupir.

Le simple fait de le dire à voix haute fit battre mon cœur contre mes côtes.

Amelia s'appuya sur un chevalet en face de moi, tirant rapidement l'élastique de sa queue de cheval et plaquant ses cheveux en arrière. Alors qu'elle refaisait sa queue de cheval, elle me regarda.

« On parle de Levi ? » demanda-t-elle enfin.

Je hochai la tête alors que des larmes brûlantes me piquaient au fond des yeux.

« C'est une mauvaise chose ? »

Je hochai la tête, peut-être un peu frénétiquement. Son regard s'adoucit alors qu'elle me fixait.

« Pourquoi cela ? Levi est un bon gars. Cade est aussi assez convaincu qu'il est amoureux de toi. »

Mon cœur se mit à battre si fort et si vite que ça me faisait mal. L'espoir volait comme des oiseaux en cage en moi – la cage où j'avais enfermé mon espoir il y a de nombreuses années.

« Pourquoi Cade pense ça ? » demandai-je, ma voix chargée d'émotion.

En parlant, je ne réalisai pas que les larmes avaient commencé à couler sur mes joues jusqu'à ce qu'Amelia s'avance vers moi et me prenne dans ses bras.

Lorsqu'elle se recula, elle prit une profonde inspiration et soupira.

« Eh bien, je suppose que j'ai raison aussi.

— À propos de quoi ? demandai-je en passant une manche sur mes joues.

— Oh, je pensais que si jamais tu laissais une chance à Levi, tu tomberais amoureuse de lui. Ne t'inquiète pas, je n'ai rien dit à Cade. C'est plus que du sexe, même si je parie que le sexe est super », déclara-t-elle avec un sourire en reculant, posant à nouveau ses hanches contre le chevalet.

Je déglutis contre l'émotion qui se serrait étroitement dans ma poitrine et ma gorge.

« Je pense que je le suis peut-être. Mais je ne peux pas faire ça.

— Pourquoi pas ? J'ai changé d'avis sur Cade. Tu peux aussi changer d'avis », dit-elle doucement.

Je secouai la tête et tentai de reprendre mon souffle. J'avais l'impression que mon cœur avait été écorché à vif, la douleur me piquant.

« Je préfère être seule », dis-je enfin.

Amelia pencha la tête en arrière pour regarder le ciel alors qu'un aigle appelait et volait au-dessus de nous, ses ailes projetant une large ombre sur le sol. Je pris plusieurs respirations profondes, mais la douleur dans mon cœur ne s'apaisait pas.

Quand ses yeux trouvèrent à nouveau les miens, je parlai.

« Il a dit que l'équipe a été appelée pour une rotation demain, probablement pour deux semaines.

— Je sais. L'équipe de Cade part avec eux. Maintenant tu sais ce que je ressens. C'est nul, dit-elle sans détours. J'essaie de me dire qu'ils savent probablement mieux que quiconque comment prendre soin d'eux-mêmes et se sortir d'une impasse. Mais ça ne facilite pas les choses. »

Serrant mes bras, je hochai la tête.

« Levi a dit que je pouvais rester chez lui tout l'hiver.

— Pourquoi est-ce un problème ? Tu as besoin d'un endroit où vivre. Je veux dire, tu es toujours la bienvenue chez nous une fois qu'on aura installé notre chaudière, mais il a bien plus de place que nous.

— Je ne peux pas, répondis-je en secouant vivement la tête.

— C'est bien d'avoir besoin de quelqu'un », dit enfin Amelia.

Le mot *besoin* me fouetta. J'eus instinctivement envie de riposter. Je détestais avoir besoin de qui que ce soit. Ça représentait tout ce qui n'allait pas chez ma mère. Elle ne pouvait pas trouver le courage de quitter mon père parce qu'elle pensait avoir *besoin* de lui, en pensant qu'elle n'avait pas ce qu'il fallait pour être une mère célibataire. Je ne pouvais pas voir au-delà de la réalité que mon père avait réduit son estime de soi en miettes. Je ne pouvais pas croire qu'il puisse y avoir un sentiment de dépendance sain.

« C'est trop pour que j'en parle », dis-je brusquement.

En me retournant, je redressai inutilement les rangées de planches appuyées contre le mur.

« On peut changer de sujet ? demandai-je sans regarder Amelia.

— Bien sûr, dit-elle enfin. Tu sais que je suis là quand tu veux parler. »

Je faillis rire. Elle n'avait pas dit *si*, mais *quand*. C'était le genre d'amie qu'elle était.

———

Cette nuit-là, je m'allongeai à côté de Levi. Encore. J'avais renoncé à faire semblant de dormir dans la chambre d'amis. Ce soir, il m'avait prise sur le comptoir de la cuisine après que nous avions mangé les restes des fajitas au poulet qu'il (plus que moi) avait cuisinés la nuit dernière. Tout ce que j'avais fait, c'était couper les légumes.

J'étais au chaud, détendue et rassasiée. Ses doigts caressaient mes cheveux alors que ma tête était nichée dans son épaule.

Sa voix me fit sortir de mon sommeil.

« Lucy ? »

Je levai la tête et les yeux.

« Oui ? demandai-je.

— Tu vas me manquer », dit-il d'un ton maladroit, ses yeux croisant les miens sous le clair de lune tombant à travers la fenêtre.

Pendant un instant, j'étais perdue. Mon corps résonnait encore des échos de mon orgasme, j'avais commodément oublié qu'il partait demain. Pendant au moins deux semaines. Le temps s'étendait devant moi dans mon esprit comme un gouffre de distance entre nous.

L'air était lourd. Je savais qu'il allait me manquer – intensément.

Mais je n'étais pas prête pour tout ça, encore moins prête à lui dire. Le regard dans ses yeux était intense et inquisiteur. J'avais l'impression qu'il pouvait voir droit dans mon cœur – la femme imparfaite et confuse qui ne croyait pas qu'elle méritait d'avoir de l'amour dans sa vie.

Un pincement de culpabilité me poignarda. Il avait eu le courage d'exprimer ses sentiments. C'était une personne directe et honnête. Rencontrer sa famille avait aggravé les choses pour moi. Le regarder avec ses parents n'avait fait que renforcer ce que je savais déjà. Je pouvais voir au-delà de son flirt et voir l'essence de sa personne – un homme fort avec un bon cœur. Il méritait d'être avec quelqu'un qui avait plus de courage que moi.

Au bout d'un moment, la conscience vacilla dans son regard. Sans qu'un mot ne passe entre nous, c'était comme s'il savait que j'avais peur. Il n'allait pas insister.

« Je pensais juste que tu devrais le savoir », dit-il finalement.

Je déglutis contre le poids dans ma poitrine, la douleur battant dans mon cœur. Je me surpris.

« Tu me manqueras aussi. »

Ses yeux s'écarquillèrent légèrement, puis il écarta mes cheveux de mon visage et leva légèrement la tête, juste assez pour attraper mes lèvres avec les siennes.

Notre point de contact était doux, mais électrisant. Mon cœur battait si fort que j'avais l'impression que je venais de courir un marathon.

Il s'écarta, sa tête retombant contre les oreillers tandis que ses doigts glissaient dans mes cheveux et descendaient le long de mon dos. En très peu de temps, je m'étais habituée à sa tendance à me caresser le dos pendant que je m'endormais, et je ne pouvais plus m'en passer. Son toucher m'endormit directement.

Le sommeil ne m'était jamais venu facilement, mais avec Levi, c'était tous les soirs. Mon esprit n'était plus coincé sur une roue de hamster, alimentée par l'anxiété et l'inquiétude. C'était peut-être la proximité physique, la satiété sensuelle. Ça me surprenait, ne serait-ce que parce que je savais que je devais m'inquiéter – m'inquiéter de ce confort, de la façon dont je savourais le sentiment d'être proche de lui.

Je chassai mes pensées, me relaxant dans la sensation de son toucher chaleureux. Mon rythme cardiaque se ralentit et je tombai dans le sommeil.

Chapitre Vingt-Sept

LUCY

Depuis que Levi était parti il y a quelques jours, il avait appelé tôt avant qu'ils ne quittent Fairbanks et quand ils étaient arrivés à leur camp de base. Comme une idiote amoureuse, j'avais répondu au téléphone. À chaque fois. Les deux premiers appels, j'avais réussi à être normale. Je lui avais raconté comment s'était passée ma journée et que j'avais mangé des carottes au jambon. Mais ensuite, il y eut le dernier appel.

Rien que d'y penser, mon visage devint rouge. Je l'avais rejoué quelques centaines de fois dans ma tête et je n'arrivais toujours pas à m'en remettre. J'avais dit quelque chose de colossalement stupide.

Tout avait commencé quand il m'avait dit que je lui manquais. Pendant une seconde, je m'étais laissée imprégner de ses paroles. Puis ce fut comme un boomerang à l'intérieur. Je ne pouvais pas me laisser les savourer. Il me manquait tellement, mon cœur me faisait littéralement mal et j'en étais furieuse. J'avais baissé ma garde, et je m'étais mise en danger. Parce qu'il n'y avait aucun moyen que ça fonctionne. Je n'avais pas le courage de me mettre en couple. L'idée même me terrifiait.

Quand je n'avais pas répondu, il avait un peu trop poussé.

« Lucy, tu sais que ce ne serait pas si mal de parler de ce qu'il se passe entre nous. »

Ma colère bouillonnante devint brûlante. Je détestais parler de mes sentiments. Et ça ? Il voulait que je parle de nous ? Non, juste non.

J'avais supposé que c'était une chose normale à demander pour une personne qui faisait ce que nous faisions. Mais je ne pouvais pas gérer. Du tout.

Et j'avais dit des conneries.

« Tu ne comprends pas, lançai-je. Ça va pas. Le bonheur ne dure jamais. Pas dans mon monde. »

J'entendis son souffle siffler.

« Pourquoi tu dis ça ? » demanda-t-il, l'air découragé.

Acculée et vulnérable, j'avais dit des méchancetés parce que c'était tout ce que je savais faire.

« Levi, tu ne peux pas comprendre du tout. Tu as la famille parfaite. Tes parents sont sympas, et ils sont toujours ensemble. Ils t'aiment et ils feraient n'importe quoi pour toi. Je suis contente pour toi. Vraiment. Mais ma famille n'était pas comme ça. Mon père était affreux. Il était abusif verbalement et émotionnellement avec ma mère pendant toute mon enfance. Parfois, il la battait, puis il me battait... »

Je m'arrêtai pour reprendre mon souffle parce que toutes sortes d'émotions que j'avais nourries au fond de moi me traversaient si vite que je pouvais à peine respirer. Je ne savais pas si Levi avait vraiment demandé pourquoi, mais dans mon esprit, je répondais à sa question. Alors j'avais continué, mes mots se déversant comme un train en fuite.

« Tu vois, j'étais timide au lycée. C'était un grand lycée, et je n'avais pas beaucoup d'amis parce qu'on déménageait tout le temps. Comme une idiote, j'ai eu le béguin pour un gars. Il m'a emmenée au bal. J'étais au septième ciel et j'ai perdu ma virginité. Ce n'était pas une mauvaise chose, mais ensuite il l'a dit à toute l'école, et j'ai été traitée de salope à un point que tu n'imaginerais même pas. Je ne sais toujours pas comment, mais d'une manière ou d'une autre, mon putain de père l'a découvert. Il détestait ma mère depuis toujours parce qu'elle était tombée enceinte au lycée, et il lui reprochait toute sa vie de merde. Il était furieux contre moi et a dit que j'essayais de faire la même chose. Je me suis retrouvée avec deux yeux au beurre noir. Ensuite, je suis allée en famille d'accueil et c'était la meilleure chose qui me soit jamais arrivée. Voilà quel type de famille j'avais. La meilleure chose qui me soit arrivée après ça a été quand ma mère a finalement eu le courage de quitter mon père et qu'on a déménagé à Willow Brook. »

Dès que j'avais arrêté de parler, j'avais entendu un bruit sourd dans mes oreilles. J'avais envie de crier et de pleurer. Je ne pouvais pas croire que je venais de lui dire ça. Je n'avais jamais dit ça à personne. Même Amelia n'avait que des morceaux.

Et comme c'était un gars bien, Levi avait essayé d'être gentil.

« Lucy, je suis désolé. C'est terrible », avait-il dit, sa voix prudente comme s'il ne savait pas quoi dire.

Des larmes brûlantes roulaient sur mes joues. J'avais dû raccrocher.

« Je dois y aller.

— Non ! Lucy, ne raccroche pas. Laisse-moi... »

Je l'avais coupé.

« te laisser quoi ? Me dire que ça va aller ? Te laisser

avoir pitié de moi ? Non ! C'est le passé. C'est fini. Mais tu dois comprendre que tout le monde n'a pas le genre de vie que tu as eu en grandissant. La vie n'est pas toute rose.

— Tu ne me laisses même pas une chance. Je ne vais pas te dire que ce qui s'est passé était normal. Ce n'est pas normal. Je peux être triste qu'il te soit arrivé quelque chose sans avoir pitié de toi. Laisse-moi être là pour toi. Laisse... »

Il s'arrêta alors qu'il prenait une inspiration saccadée.

« Lucy, laisse-moi t'aimer... »

Je ne pouvais pas écouter. Ça faisait trop mal. J'avais raccroché et j'avais judicieusement éteint mon téléphone tout de suite.

C'était un désastre. J'étais mortifiée. Laisser sortir le pire de mon passé enfoui me faisait me sentir plus vulnérable alors que j'avais déjà l'impression de perdre le contrôle quand il s'agissait de Levi. Le seul avantage était que ça renforçait ce que je devais faire. Dès que Levi reviendrait, je devrais déménager.

Chapitre Vingt-Huit

LEVI

Le bruit des pales de l'hélicoptère qui battaient dans l'air me fit jeter un coup d'œil inutile vers le ciel. Même si je savais qu'il y avait un hélicoptère qui passait au-dessus, je ne pouvais rien voir. La fumée était épaisse dans le ciel là où nous nous trouvions, le vent ramenant la fumée du feu qui brûlait encore à quelques kilomètres de là.

Mon équipe était ici avec celle de Cade. Ce feu était devenu incontrôlable à cause du vent qui le fouettait sauvagement. L'intérieur de l'Alaska était constitué de centaines de kilomètres de nature sauvage. Rien que des arbres, mieux connus sous le nom de carburant lorsque vous êtes un pompier forestier.

Ça faisait une semaine complète que nous étions ici, et j'étais épuisé, ainsi que tout mon équipage. J'entendis mon nom et me retournai pour voir Jesse s'approcher. Il était difficile de savoir quelle heure il était. Même si c'était la fin de l'été, dans le nord de l'Alaska, ça signifiait quand même de longues journées. À travers la fumée qui nous recouvrait, le soleil n'était qu'un halo brumeux.

J'enlevai mes gants et je jetai un coup d'œil à ma montre pour voir qu'il était sept heures du soir passées. Jesse atteignit mon niveau, retirant son casque et masque. Puisque la fumée passait principalement au-dessus de nos têtes, nous pouvions retirer nos appareils respiratoires en toute sécurité.

Il désigna derrière moi avec son menton.

« Ça doit être Fred qui arrive », commenta-t-il.

Fred Banks était un pilote sauvage bien connu. Il pilotait des avions et des hélicoptères et avait passé la majeure partie de l'été à travailler pour des équipes de pompiers hotshot dans tout l'Alaska. Voler n'était peut-être pas aussi éprouvant physiquement que ce que nous faisions, mais c'était tout aussi dangereux dans nos campagnes. Les conditions pouvaient changer rapidement, et c'était très isolé.

Nous avions passé les trois derniers jours à installer des pare-feux le long de deux rivières qui se croisaient dans cette région. Fred devait venir nous chercher et nous ramener à un camp de base où il y avait une tente pour le matériel, ainsi qu'une tente médicale et un endroit pour dormir loin de de la fumée pendant quelques nuits. Si le temps se maintenait, nous pourrions terminer notre rotation ici dans les prochains jours.

Je croisai le regard de Jesse et lui donnai une tape sur l'épaule.

« Bon. Allons dans cette direction. Tu as rassemblé le reste des gars ? » demandai-je.

Jesse hocha la tête et commença à marcher, jetant son lourd sac d'équipement sur son épaule. Il était l'un de mes contremaîtres et je me fiais à lui sur le terrain. Saisissant la tronçonneuse que j'utilisais, je mis mon équipement sur mes épaules et marchai à ses côtés.

Lucy entra dans mes pensées, comme elle le faisait

presque à chaque moment de répit. J'étais reconnaissant que la quantité de travail m'ait permis de rester concentré et distrait. Car quand je pensais à elle, elle me manquait tellement que ça m'en faisait mal.

Le manque s'apparentait à une douleur physique quand Lucy en était le sujet, quelque chose que je n'avais jamais connu auparavant. Mon esprit revint à notre dernière nuit ensemble. Elle m'avait fait sursauter en disant que je lui manquerais. Le lendemain matin, elle avait été distante.

Elle avait été tendue et j'avais voulu l'envelopper dans mes bras, la serrer fort et lui dire de ne pas s'inquiéter. Mais je savais qu'elle s'inquiétait − pour nous, pour moi − et qu'il fallait que je n'insiste pas trop. J'aimais son indépendance, sa force, son intelligence et sa volonté. Ça me faisait mal de voir à quel point elle était terrifiée à l'idée de se permettre d'avoir besoin de quelqu'un.

J'avais réfléchi à elle avec beaucoup d'inquiétude − pensant à la façon de surmonter ses réserves, de lui faire comprendre que je ne voulais rien lui prendre. Je voulais simplement être là pour elle, l'aimer.

Je n'avais pas encore trouvé de réponse sur comment faire. Même maintenant, je me donnai une secousse mentale. Je ne pouvais rien faire ici au milieu d'un désert humain, face à un feu.

Je l'aimais. Je sentais qu'elle m'aimait.

Mais je savais que ce n'était pas quelque chose qu'elle voulait ressentir. Mon dernier appel avec elle au camp de base avait été un désastre. Il n'y avait pas de réseau à proprement parler au milieu de la nature sauvage, mais le camp de base était à portée des tours de téléphonie cellulaire de Fairbanks.

Elle s'était mise en colère quand je lui avais dit qu'elle me manquait et avait fini par raconter toute l'horrible histoire sur ce qui s'était passé avant qu'elle ne parte en famille d'accueil. Puis, elle m'avait raccroché au nez. Nous n'avions pas reparlé.

J'avais désespérément envie de lui reparler, mais elle n'avait pas répondu à mes appels ou à mes SMS ce jour-là. Maintenant, je comprenais pourquoi ma mère ne m'avait pas tout dit. Lucy – fière, forte comme pas possible, indépendante comme pas possible – ne voudrait pas que quiconque sache à quel point elle avait été vulnérable. Elle aurait été furieuse d'apprendre que j'avais entendu l'histoire de quelqu'un d'autre. Et j'étais même certain qu'elle était furieuse contre elle-même de me l'avoir dite. Puis on était partis au milieu de nulle part.

Je savais que ça n'aidait pas, mais j'étais frustré. Même si mon cœur se serrait en pensant à ce qu'elle ressentait et à la façon dont son passé l'avait blessée, ça faisait mal de se faire exclure comme ça. Elle ne me laissait aucune chance.

J'entendis l'hélicoptère descendre pour atterrir pas trop loin. La fumée s'estompait au fur et à mesure que le vent soufflait. La plupart de l'équipe attendait déjà dans la petite zone dégagée. Je fis un compte rapide, calculant que certains d'entre nous devraient attendre jusqu'à ce que Fred, ou un autre pilote, puisse revenir.

Cet hélicoptère ne nous supporterait jamais tous. Je me demandai si un autre hélicoptère était en route. Quand nous étions aussi loin, nous ne savions jamais quels hélicoptères étaient utilisés uniquement pour larguer des produits anti-feu et lesquels pouvaient également être utilisés pour le transport. Tout ce sur quoi je me concentrais était ce qu'il fallait faire pour contenir le feu. Nous l'avions assez bien contenu. La rivière allait sans doute le retenir, ainsi que les larges pare-feu que nous avions établis.

L'équipe de Cade travaillait dans un coin opposé de l'immense incendie. Il avait donné des nouvelles par radio et devait nous retrouver ici sous peu.

Une fois qu'il avait fait atterrir l'hélicoptère, Fred descendit et me fit signe de venir. Ses yeux bleus se plissaient avec son sourire et ses cheveux gris étaient ébouriffés par le vent. Après un rapide salut, il se mit au travail.

« Alors, qui dois-je ramener en premier ? » demanda-t-il.

Je jetai un coup d'œil à Jesse qui fit un signe à un groupe de notre équipe assis par terre. Ils avaient été les premiers à arriver ici, ils avaient donc fait une journée complète de travail supplémentaire. La météo avait retardé le reste d'entre nous.

« Prends-en autant que tu peux pour le moment. J'attendrai avec Jesse et les autres », répondis-je.

Fred hocha la tête et se détourna, appelant l'équipe. En peu de temps, plus de la moitié de notre équipe s'élevait dans les airs au décollage de Fred. Jesse prévoyait de retourner sur un site situé à environ un kilomètre et demi pour ramasser du matériel laissé sur place après qu'un pompier d'une autre équipe avait été blessé. L'équipe n'avait pas pu tout faire quand il avait fallu le transporter. Rien de grave, mais il s'était cassé la cheville, donc il ne pouvait vraiment pas porter son équipement.

Je m'installai pour attendre, en sirotant de l'eau et en espérant que le temps se maintiendrait quelques heures.

Au bout de quelques minutes, j'entendis mon nom. Je jetai un coup d'œil pour voir Cade approcher. Beck était à ses côtés. Ils étaient dans l'état que j'avais imaginé : le visage strié de suie, les épaules tombantes sous le poids de leur équipement et les yeux fatigués.

Ils jetèrent leur équipement sur le sol à côté de moi et s'assirent. Je tendis une bouteille d'eau à Cade pendant que Beck parlait.

« Quand est-ce que le prochain hélicoptère arrive ? » demanda-t-il.

Je levai les yeux vers le ciel, les nuagesdérivant sur le fond bleu alors que la fumée se dissipait.

« Fred pense qu'il sera de retour pour un autre ramassage ce soir. Il a dit qu'il communiquerait par radio après avoir vérifié l'horaire pour voir s'il y a un autre pilote qui a de la place. »

Je jetai un coup d'œil au-delà des arbres pour voir si quelqu'un d'autre s'approchait.

« Où est le reste de votre équipe ? » demandai-je.

Cade vida sa bouteille d'eau avant de répondre.

« Ils sont déjà partis. On est restés la nuit dernière. On a aidé à évacuer Matt, de l'autre équipe, mais on a laissé notre équipement au passage. On est retournés le chercher cet après-midi.

— Eh bien, il reste pas grand monde. Un hélicoptère suffira. À moins qu'il y ait quelqu'un d'autre derrière vous. »

Cade gloussa et secoua la tête.

« Non. Seulement nous. »

On resta assis dans le calme, appuyés contre nos sacs. Je commençais à me demander où était Jesse quand ma radio crépita. Je la sortis de mon sac.

« Oui ?

— Levi, on a un problème, dit rapidement Jesse.

— Qu'est-ce qu'il y a ?

— Je viens de me faire charger par un orignal. Tu ne vas pas le croire, putain, mais j'ai glissé et je me suis foulé la cheville. »

Jesse avait l'air plus ennuyé qu'autre chose. Cade croisa mon regard et jura sous son souffle.

« Est-ce que c'est grave ? J'arrive pour t'aider, mais est-ce que je dois amener quelqu'un avec moi ? demandai-je.

— Je ne pense pas. Je ne peux pas m'appuyer trop dessus. Tant que je n'ai pas d'affaires à porter, mon équipement et la tronçonneuse, je peux boiter.

— Et où est l'orignal ? » demandai-je.

Jesse gloussa.

« Il s'est enfui après que j'ai démarré la tronçonneuse pour l'effrayer.

— D'accord, j'arrive. »

Je me levai et regardai tour à tour Beck et Cade.

« Si Fred arrive, prévenez-moi par radio. Je pense qu'on sera revenus avant qu'il ne fasse noir. J'appellerai quand on sera sur le chemin du retour. »

D'un signe de la main, je me tournai pour partir. Pendant un moment, j'envisageai de laisser mon équipement derrière moi. Mais ce n'était pas intelligent. Ma meilleure supposition était que Jesse était à environ deux kilomètres. Même si nous étions à une bonne distance du feu et que le vent avait changé de direction, je ne voulais pas être stupide.

Le bref repos avait suffi à me redonner de l'énergie, donc je marchai rapidement. Être un pompier forestier signifiait être habitué à un travail épuisant et parfois puiser de l'énergie dans des réserves vides. Je trouvai Jesse rapidement. Il était exactement là où il m'avait dit qu'il serait, appuyé au sol avec la tronçonneuse sur le côté et appuyé sur son sac d'équipement. Il leva les yeux avec un sourire quand je l'atteignis.

« Je ferais n'importe quoi pour te faire randonner, me lança-t-il avec un clin d'œil.

— À quel point tu as mal ? » demandai-je avec un petit rire.

Il haussa les épaules.

« J'ai mal. Rien que je ne puisse gérer. »

Je me penchai, je saisis sa main et l'aidai à se lever. Il avait déjà mis une attelle autour de sa cheville. J'empilai nos sacs d'équipement sur mes épaules et portai la tronçonneuse quand on se mit en route.

Le rythme de Jesse était lent, mais régulier. Nous marchions depuis une dizaine de minutes quand je sentis le vent tourner à nouveau et le bruit de sabots s'approcher derrière nous. Je jetai un coup d'œil à Jesse.

« Bordel, dis-moi que ce n'est pas un autre orignal », commentai-je, sachant parfaitement que c'était le cas.

J'avais passé assez de temps dans la nature sauvage alaskienne en grandissant pour reconnaître la démarche distincte et longiligne d'un orignal.

Il croisa mon regard et haussa les épaules.

« C'est probablement ça. Le mieux est d'allumer cette tronçonneuse pendant une seconde. »

Avant que j'aie eu la chance de faire quoi que ce soit, trois orignaux entrèrent dans notre champ de vision en galopant, y compris un orignal mâle plutôt furieux avec des bois massifs.

Le mâle s'arrêta dans sa poursuite des deux femelles, grattant le sol et reniflant alors qu'il se tournait pour nous faire face à travers les arbres.

Je démarrai la tronçonneuse, mais cette fois, ça ne fit rien. L'orignal renifla à nouveau et fit quelques pas de plus dans notre direction. Pour la plupart, les orignaux n'étaient pas agressifs. Les seules exceptions étaient les mères qui protégeaient leurs petits, un orignal mâle pendant la saison des amours, qui était bien sûr en cours, et si vous en surpreniez un. Ils étaient myopes, ils ne vous voyaient donc souvent pas approcher et pouvaient facilement être surpris.

Tournant en rond, je balayai la zone. L'orignal était entre nous et l'endroit où nous devions aller. Avec la cheville de Jesse en mauvais état, nous ne pouvions pas faire de détour. L'aire d'atterrissage des hélicoptères se trouvait à environ un kilomètre et demi en face.

J'appelai Cade par radio.

« Hé mec, on a affaire à un orignal agacé. On va probablement être en retard. Si Fred arrive bientôt, inutile de nous attendre.

— J'étais sur le point de t'appeler, répondit Cade. Il a téléphoné peu de temps après ton départ. Un autre hélicoptère vient d'atterrir. Tu es sûr que tu ne veux pas qu'on attende ? »

Je jetai un coup d'œil à l'orignal. Il ne reniflait plus et ne frappait plus le sol, mais il n'avait pas encore bougé.

« Combien de temps le pilote peut-il attendre ? »

La voix de Cade était étouffée puis il revint.

« Il pense environ une demi-heure.

— Ok, je vais voir si je peux chasser ce gros bonhomme. »

En raccrochant, je jetai un coup d'œil à Jesse. Nous portions des armes à feu chaque fois que nous étions dans l'arrière-pays. Non pas parce que nous avions l'intention de tirer sur un animal, mais la nature sauvage d'Alaska présentait des dangers distincts. Dans cette zone, les grizzlis étaient la principale préoccupation, l'orignal la deuxième. Plus au nord, il y avait des ours polaires, et plus au sud, les ours bruns, les plus grands cousinsdu grizzli. Pour le moment, tout ce que nous avions à faire était de convaincre cet orignal de se concentrer sur les dames de sa vie.

Jesse me donna un coup d'épaule.

« Retourne-toi pour que je puisse attraper mon fusil de chasse. »

En me retournant, je jetai un coup d'œil par-dessus mon épaule alors qu'il attrapait son fusil de chasse.

« Attends », dis-je.

Il acquiesça.

« Bien sûr. Je vais juste faire un coup de semonce. »

Plusieurs coups de semonce et quelques autres cris de tronçonneuse plus tard, et il était clair que cet orignal n'allait pas bouger, pas pour le moment. Il avait commencé à grignoter des aulnes à la lisière des arbres.

Chapitre Vingt-Neuf

LUCY

En fermant la bouche, je regardai ma mère de l'autre côté de la table. Je me sentais mal parce que je ne l'avais pas vue depuis quelques semaines, et je l'avais invitée à me retrouver pour prendre un café au Firehouse Café. Elle m'avait choquée en disant qu'elle pensait que Levi était un gars sympa. À part Amelia, je n'avais parlé à personne du fait qu'il se passait quelque chose avec Levi.

Alors que mon esprit faisait la liste de toutes les possibilités, je me souvins que ma mère était amie avec la mère de Levi. Je soupirai mentalement.

« Maman, Levi est juste... »

Je voulais dire que Levi n'était qu'un ami, mais je ne pouvais pas me résoudre à mentir. Je passai à autre chose.

« Je ne veux pas parler des hommes. »

Très bien, je n'avais pas l'intention d'être aussi ridicule et tendue, mais bon. Mon propos était clair.

Les yeux bleus de ma mère rencontrèrent les miens, fixes et calmes.

« Je sais. Je pense que c'est probablement de ma faute. »

Confuse, je penchai la tête sur le côté.

« Comment ça ?

— Eh bien, tu n'as eu qu'un modèle de relation quand tu grandissais, et c'était horrible. Je n'essaie pas de mettre mon nez dans tes histoires avec Levi. Pour ce que ça vaut, je comprends pourquoi tu as gardé tes distances avec moi, et j'ai fait la paix avec ça. La seule raison pour laquelle j'ai parlé de Levi, c'est que Gloria a mentionné qu'elle t'avait rencontrée. Elle pense que tu es adorable. »

Les lèvres de ma mère se retroussèrent avec un léger sourire.

« En fait, elle pense que Levi est amoureux de toi. »

Mon cœur battait rapidement, comme des ailes dans ma poitrine, le son grondant dans mes oreilles. J'avais tellement envie que Levi m'aime, tellement.

Parce que j'étais follement amoureuse de lui. La profondeur de mes sentiments me faisait peur, et je m'efforçais de lui faire savoir que je devais déménager. J'avais prévu de le lui dire à son retour. Je n'étais pas encore partie parce que je m'occupais de Ham. C'est vrai, je m'occupais d'un hamster et c'était ma raison de rester quand je savais que chaque jour où je restais mettait mon cœur plus en danger. Si j'étais honnête avec moi-même, ce que j'essayais vraiment de ne pas être, mon cœur avait déjà dépassé le point de non-retour. Levi me manquait tellement que mon cœur me faisait physiquement mal.

Ce matin, j'avais respiré son odeur sur ses draps et je me demandais quand j'entendrais que son équipe revenait. Je pense que même Maisie se doutait de quelque chose parce que j'avais appelé la caserne sans raison l'autre jour et que j'avais maladroitement réussi à poser une question sur la date de retour des équipes.

Comme je ne répondais pas à ma mère, perdue dans mes pensées, elle reprit la parole.

« J'ai tellement de respect pour toi. Tu es tout ce que j'aurais aimé pouvoir être quand j'étais plus jeune et quand je t'ai eue. Ce n'est pas une excuse, mais je n'avais que dix-sept ans quand je suis tombée enceinte. Je ne savais pas quoi faire. Tout ce que je savais, c'est que je t'aimais. Ton père était ce qu'il était, il était violent et possessif et... »

Ses mots s'éteignirent et elle prit une profonde inspiration.

« C'était un connard, et j'aurais aimé être aussi forte que toi maintenant et l'avoir quitté avant même ta naissance. »

Ses mots me frappèrent si fort que j'en perdis presque mon souffle. Je la fixai simplement, sans voix.

Si elle sentait à quel point j'étais abasourdie, elle ne commenta pas. Elle poursuivit :

« Tu n'es pas obligée d'écouter tout ce que je dis. Je t'aime et je veux le meilleur pour toi. Chaque leçon que tu as apprise de ton enfance était cohérente avec ce qui s'est passé. Mais la plupart des hommes ne sont pas comme ton père. Il y a des hommes bien, et j'espère que tu pourras te donner une chance d'avoir plus que ce que j'avais. Levi est un homme bien. S'il t'aime comme sa mère pense qu'il t'aime, j'espère que tu lui laisseras une chance. Pas seulement pour lui, mais pour toi-même. »

J'avalai le nœud formé dans ma gorge, l'émotion montait en spirale à l'intérieur de moi, une tempête sauvage de sentiments et de confusion. Ma mère et moi ne parlions pas comme ça. Depuis qu'elle avait emménagé ici avec moi il y a tant d'années, nous avions eu une relation polie mais distante. Le gros non-dit étant la réalité de la vie avec mon père. Bien que ses actions en disent long, je ne m'attendais pas à ce qu'elle soit aussi ouverte sur mon enfance et les choix qu'elle avait faits avant de finalement se libérer.

Si elle savait à quel point j'étais sidérée, ça ne se voyait pas. Ses yeux étaient chaleureux en me regardant.

« Si je pouvais tout recommencer, je le ferais », dit-elle doucement.

Je ne pouvais pas encore me résoudre à parler et je la regardai simplement. Au bout d'un moment, je réussis à maîtriser l'émotion qui me submergeait.

« Je n'aurais jamais pensé que tu dirais ça à voix haute », dis-je finalement.

Elle but une gorgée de son café et hocha lentement la tête.

« Je peux voir pourquoi. J'ai eu honte pendant long-temps. Je ne peux pas changer le passé, mais je peux changer le futur. Je ne m'attends pas à ce qu'on soit soudainement proches, mais je vais essayer d'être plus honnête avec toi. Quand Gloria m'a parlé de toi et Levi, j'étais tellement heureuse. Et puis je me suis inquiétée, inquiétée que tu sois forte comme tu l'es et ne laisses personne t'approcher. Je ne m'attends pas à ce que tu me laisses revenir vers toi, mais s'il te plaît, n'exclus pas tout le monde. »

Ses mots étaient si justes, ça piquait.

D'une manière ou d'une autre, je survécus au reste de notre pause-café sans m'effondrer complètement. Je réussis même à lui faire un câlin en partant.

Cette nuit-là, je m'allongeai sur le lit de Levi parce que comme la fille folle et amoureuse que j'étais, je ne pouvais pas supporter de ne pas dormir dans son lit. J'essayai de me résoudre à dépasser mes sentiments, mais ma volonté s'était dissoute dans le néant. Tout ce à quoi je pouvais penser, c'était à quel point il me manquait.

———

Le lendemain, j'arrivai sur le chantier et j'étais surprise par l'absence d'Amelia. D'habitude, elle arrivait aussi tôt que moi. Ou elle appelait. Quand je l'appelai, elle ne répondit pas. Un sentiment d'appréhension monta en moi. Normalement, je me mettrais au travail, mais mon instinct me disait que quelque chose se tramait. Je fis demi-tour avec mon pickup et je me dirigeai vers notre bureau.

En entrant dans le bâtiment, je trouvai Amelia assise à son bureau, des dessins architecturaux éparpillés devant elle et ses yeux humides de larmes.

« Qu'est-ce qui ne va pas ? demandai-je rapidement.

— C'est Cade. Leur hélicoptère n'est pas arrivé à Fairbanks la nuit dernière comme prévu », dit-elle doucement, sa voix basse et grave.

Mon cœur vola dans ma gorge. Une question s'envola.

« Tu sais où est Levi ? »

Elle secoua lentement la tête.

« Non. Je viens de raccrocher, sinon je t'aurais appelé avant. »

Je m'effondrai sur la chaise en face d'elle, cherchant quelque chose à quoi m'accrocher à l'intérieur. Mon cœur craquait. Mon souffle arriva en rafales superficielles.

« C'est quoi les infos ? demandai-je prudemment.

— Tout ce que je viens de te dire, répondit Amelia, les yeux vides.

— Appelons Maisie », dis-je.

Si quelqu'un pouvait trouver plus d'informations, ce serait Maisie en tant qu'opératrice pour la caserne de Willow Brook.

Je me penchai sur le bureau, j'appuyai sur le bouton du haut-parleur et composai le numéro de Maisie.

Maisie répondit immédiatement.

« Je suppose que vous appelez pour Cade et Levi. J'étais sur le point de vous appeler toutes les deux. »

Avec mon cœur battant et mes tripes barattées, je regardai le haut-parleur, comme si ça pourrait résoudre le problème.

« Qu'est-ce que tu sais ? » demandai-je en regardant Amelia.

Maisie commença à parler rapidement.

« Je viens de raccrocher avec Beck. Lui et Cade vont bien. Je savais que tu paniquerais et j'étais sur le point de t'appeler. Le vent s'est levé hier soir et il commençait à faire nuit parce qu'ils ont attendu Jesse et Levi trop longtemps. Donc l'hélico a atterri et ils ont campé au lieu de voler jusqu'à Fairbanks. Le pilote a envoyé les infos par radio, mais personne ne nous a appelés, je ne sais pas pourquoi. Ils sont déjà en route. Un autre hélicoptère se dirige vers Levi et Jesse, mais personne n'a eu de leurs nouvelles ce matin. »

Sur les talons du soupir de soulagement d'Amelia, je fondis en larmes.

« Lucy ? Est-ce que ça va ? » demanda Maisie, confuse à juste titre.

Tout s'effondrait en moi. Je n'avais pas eu le courage de dire à Levi que je l'aimais et je le savais depuis des jours. Pire encore, j'avais craqué lors de notre dernier appel et je lui avais raccroché au nez. Maintenant, je ne savais même pas où il était, ou s'il était en sécurité.

Amelia rassembla ses idées et expliqua rapidement

puisque tout ce que j'étais capable de faire était de pleurer.

« Euh, Lucy et Levi ont un genre d'histoire.

— Un genre d'histoire ? demanda Maisie.

— Oui, et c'est du lourd. »

Amelia croisa mon regard et haussa les épaules.

« Je sais que je suis censée ne rien dire, mais c'est assez important.

— Ce n'est pas grave, réussis-je à dire entre deux sanglots.

— Maisie, dans combien de temps sauras-tu où ils sont ? » demanda Amelia, ferme et pragmatique maintenant qu'elle savait que Cade était en sécurité.

Maisie parlait calmement, la voix que je l'avais entendue utiliser plusieurs fois lorsque je passais lui rendre visite à la caserne. En tant qu'opératrice, elle avait l'habitude de parler aux gens calmement, peu importe à quel point ils étaient bouleversés. Je ne m'attendais pas à être dans cette situation avec elle. C'était mon amie, et sa voix calme apaisa mes nerfs à vif.

« On savait précisément où ils étaient la dernière fois qu'on a eu de leurs nouvelles. C'est juste que la réception est nulle. On suppose que la batterie de leur radio est morte. Je suis sûre qu'ils vont bien », m'assura-t-elle.

Je n'entendis pas grand-chose d'autre pendant qu'elles continuaient de parler. Avant que je sache ce qui se passait, Amelia m'emmenait chez les parents de Cade. J'étais à la fois submergée d'émotions et engourdie, comme si mes circuits étaient surchargés. Je ne savais même pas où nous allions jusqu'à ce qu'elle s'arrête devant leur maison.

« Qu'est-ce qu'on fait ici ? demandai-je en lui jetant un coup d'œil.

— On attend avec les parents de Cade. C'est un

bon endroit pour attendre parce que son père est le chef de la police, donc il recevra les infos tout de suite. Il a un bon ami à la caserne de Fairbanks », expliqua-t-elle.

Je commençai à protester, mais Amelia m'ignora complètement. Je suivis Amelia dans la maison, me sentant mal à l'aise et gênée par à quel point j'étais émotive.

Gloria et Brad étaient là. Ça aurait dû me surprendre, mais non. Willow Brook était une petite ville et tout le monde connaissait tout le monde. La mère de Cade posa immédiatement une tasse de café devant moi et commença à préparer le petit déjeuner pour tout le monde.

Gloria tendit la main et serra la mienne, sa poigne chaude et ferme. Tout le monde s'affairait autour de moi dans la cuisine avec la mère de Cade, Georgia, qui servait le petit déjeuner et le café, tandis que d'autres discutaient à la table et au comptoir de la cuisine. Georgia insista pour me servir des œufs brouillés et des toasts même si je touchais à peine ma nourriture. Le père de Cade, qui se trouvait également être le chef de la police de Willow Brook, avait appelé du poste pour signaler que la balise de localisation de Levi et Jesse était toujours active et précisément là où ils devaient se trouver.

Apparemment, ils ne s'attendaient pas à ce que l'hélicoptère puisse les atteindre avant la fin de l'après-midi en raison d'une mauvaise visibilité. La pluie s'était abattue sur la zone pendant la nuit, ce qui était une excellente nouvelle pour l'incendie, mais une terrible nouvelle pour avoir plus de nouvelles bientôt. Tout le monde supposait que leurs batteries de radio étaient mortes. Au-delà du fait que je ne savais plus où me mettre pour me calmer et que j'avais l'impression d'avoir claqué mon cœur contre un mur, j'étais ennuyée que personne d'autre ne semble trop secoué.

Je découvrais que je n'avais aucune idée, absolument aucune, de ce que c'était pour Amelia d'avoir Cade en mission pendant des semaines à la fois. Mon estomac se serrait, mon cœur était lourd et j'étais terrifiée.

Vraiment terrifiée. Je voulais désespérément parler à Levi. Plus précisément, je voulais effacer notre dernière conversation. Pourquoi, oh pourquoi, m'étais-je autant énervée ? Ça paraissait tellement enfantin maintenant.

Maintenant, tout ce que je voulais, c'était une chance de lui dire ce que je ressentais. Je m'en fichais même s'il ne ressentait pas la même chose.

Je levai mon regard vers celui de Gloria et déglutis contre la sensation de tension et de douleur dans ma gorge et ma poitrine. La sensation d'émotion était passée d'une raideur soudaine à une douleur sourde parce qu'elle était là depuis plus d'une heure maintenant.

Gloria serra une autre fois ma main avant de la relâcher.

« Il va bien. »

La confiance et la fermeté de son ton me semblaient ridicules.

« Comment pouvez-vous en être sûre ? » demandai-je.

Ses yeux tenaient les miens, bien trop perspicaces et bien trop connaisseurs.

« C'est juste un sentiment. Je ne suis pas assez bête pour penser que je ne peux pas me tromper. Mais je connais mon garçon, et je sais qu'il va forcément bien. Il est à peu près aussi ingénieux qu'un homme peut l'être, et il est avec Jesse qui est tout aussi ingénieux.

Ils iront bien. Tu as entendu les nouvelles. Ils sont loin de l'incendie et la pluie de la nuit dernière a aidé. Il n'y a absolument aucun moyen qu'ils soient retournés dans le feu. Ils ont tous les deux des armes à feu, donc si quoi que ce soit allait leur faire du mal, ils auraient pu gérer. Je pense qu'ils iront bien parce que toutes les informations que j'ai me disent qu'ils iront bien. »

Un soupçon de sourire s'étira aux coins de ma bouche. Je voulais la croire. Une larme coula sur ma joue et elle me tendit un mouchoir.

« Vous avez l'air si sûre, marmonnai-je en essuyant mes larmes.

— C'est une confiance basée sur l'expérience et la logique, proposa-t-elle. Ne pensons pas au pire. Certainement pas quand ce n'est pas nécessaire. »

Elle s'arrêta pour prendre une gorgée de café et je remuai paresseusement mes œufs brouillés avec ma fourchette. La voix de Gloria traversa mes pensées brumeuses.

« Je crois que Levi est amoureux de toi. »

Mon cœur se remit à tambouriner dans ma poitrine, comme si l'espoir lui-même frappait un tambour.

« Qu'est-ce qui vous fait dire ça ? » demandai-je.

Gloria en avait dit autant à ma mère, mais j'étais curieuse de savoir pourquoi elle croyait que Levi m'aimait. Sans compter que j'étais désespérée de savoir.

Elle sourit doucement et pencha la tête sur le côté.

« Juste la façon dont il te regarde et la façon dont il parle de toi. Je connais bien mon fils. C'est un homme bien, et je ne dis pas ça parce que j'aimerais que ce soit vrai. Il l'est vraiment. Tu es la première femme qu'il amène à dîner. »

Ma surprise dut se lire sur mon visage parce que Gloria rit.

« Donc tu ne savais pas que tu avais cette place d'honneur ? C'est vrai. Levi est assez privé la plupart du temps. Il est sorti avec quelques filles ici et là, mais pas une seule fois il ne m'a parlé d'une femme, et il n'en a jamais ramené une à la maison pour le dîner. Mais ne pense pas que c'est la seule raison pour laquelle je pense qu'il t'aime. Ça fait partie de l'équation parce que ça me dit que tu comptes pour lui. L'autre partie est que je vois comment il te regarde et comment il est avec toi. Il t'aime. »

Je n'avais pas réalisé que ma bouche s'était ouverte pendant un instant et je la refermai quand je m'en rendis compte. Je ne savais pas si elle s'attendait à ce que je dise quelque chose en retour ou non. Mes mots, des mots pressants, annoncèrent ce que je me cachais même à moi-même jusqu'à ce matin.

« Je l'aime aussi, lançai-je soudainement. Maintenant, j'ai peur qu'il lui soit arrivé quelque chose. »

Elle soutint mon regard un instant et hocha lentement la tête.

« C'est plutôt terrifiant, n'est-ce pas ? Tomber amoureuse, je veux dire. Je comprends pourquoi tu t'inquiètes en ce moment. Moi aussi, mais je pense qu'il ira bien. Toutes les informations dont on dispose nous disent qu'il va probablement bien. Alors accroche-toi bien, et je suis presque sûre que tu pourras le lui dire toi-même. »

Chapitre Trente

LEVI

Un corbeau passa au-dessus de nos têtes, en appelant bruyamment un autre qui lui rendit son appel depuis les arbres. Je passai ma manche sur mon visage et jetai un coup d'œil à Jesse. Nous avions réussi à chasser l'orignal insistant d'hier soir. À ce stade, le crépuscule était bien passé et toute chance de prendre un hélicoptère ce soir nous avait échappé. Nous avions posé notre campement pour la nuit et nous attendions maintenant à la clairière où un hélicoptère devrait bientôt arriver pour venir nous chercher. *Devrait* étant le mot clé. Nos deux radios étaient mortes, en plus de nos téléphones portables. Ma batterie de secours était arrivée au bout de son jus tard hier soir.

Jesse souffrait sans aucun doute, mais il tenait bon. J'étais soulagé que sa blessure paraisse mineure. Sa cheville était enflée et avec un beau bleu là où il avait glissé et l'avait coincée dans des rochers, mais ce n'était rien de plus qu'une vilaine entorse. Nous avions beaucoup d'ibuprofène pour soulager sa douleur.

Je finis de mâcher mon snack et j'attirai son atten-tion en lui tendant le thermos de café que nous partagions. Nous en étions réduits aux barres protéinées et aux produits lyophilisés, mais il nous restait beaucoup de café puisqu'on en avait fait avec notre réchaud de camping.

« Une idée de quand ils pourraient arriver ? » demandai-je.

Nous avions campé là où nous étions la nuit dernière et avions parcouru environ un demi-kilomètre jusqu'à la clairière où l'hélicoptère viendrait nous chercher bientôt, normalement. Jesse me jeta un coup d'œil en prenant une gorgée de café et en haussant les épaules.

« Je ne sais pas. C'était assez nuageux ce matin. Il fera peut-être assez clair cet après-midi pour qu'ils décollent.

— Comment va ta cheville ? »

Il haussa à nouveau les épaules.

« Bah, ça fait mal, mais ça pourrait vraiment être pire. »

Je soulevai à nouveau ma radio du sol inutilement. La batterie était morte à un moment donné la nuit dernière quand je l'avais laissée allumée par accident. Pendant ce temps, Jesse avait laissé tomber la sienne dans la rivière ce matin. Il l'avait récupérée, mais pas avant qu'elle ne soit trempée et morte.

Je me demandais si quelqu'un était inquiet pour nous en dehors de notre équipe. Je pensai que notre équipage n'était probablement pas trop inquiet. Ils savaient que nous étions prêts pour la nuit. Lucy s'immisça dans mes pensées. Elle était bien logée dans mon cerveau. J'étais pressé de rentrer à la maison et de la voir, j'espérais vraiment lui avoir manqué.

Au cours de mes heures de demi-sommeil perturbé la nuit dernière, j'avais oublié ma frustration sur le fait qu'elle me repousse. Je savais que ce qu'elle avait partagé avec moi avait dû être dur pour elle. Ce n'était pas comme si je ne comprenais pas pourquoi elle était difficile. Je devais être patient car elle valait la peine d'attendre.

Je m'appuyai contre mon sac, regardant le soleil percer enfin les nuages. Il avait plu pendant la nuit, ce qui avait dû éteindre le feu. Quelques jours de pluie de plus ne seraient pas de trop, même si je prendrais quelques heures de ciel clair avec plaisir pour sortir d'ici.

Un corbeau croassa à nouveau des arbres à proximité. Jetant un coup d'œil, je vis sa silhouette sombre perchée sur un épicéa. Le feu n'avait pas atteint cette partie de la forêt, les arbres étaient donc toujours luxuriants et verts. L'odeur des arbres calcinés au loin nous arrivait. Ce feu brûlait depuis plusieurs semaines maintenant. Les incendies brûlaient comme ça tous les étés dans l'ouest. Vous n'en entendiez parler que lorsqu'ils menaçaient les communautés, mais ils pouvaient brûler pendant des semaines dans l'arrière-pays de l'Alaska sans que personne n'en parle. Nous coordonnions parfois des brûlages planifiés pour gérer le problème en amont.

Le corbeau en question s'envola des arbres et nous survola, atterrissant sur le sol, à seulement trois mètres environ. Je le regardai picorer le sol, réalisant qu'il était probablement en train de se régaler des miettes laissées par les gars hier. La moitié de notre équipe avait traîné un bon moment avant de s'envoler, tous fatigués, affamés et grignotant les collations qui leur restaient.

Le corbeau se rapprocha. Je regardai avec curiosité deux autres corbeaux voler pour se joindre à nous, décidant clairement que Jesse et moi n'étions pas une menace. Ils ramassaient activement les miettes que nous ne pouvions pas voir. J'ajustai mon angle et je regardai au loin. Il faisait beau ici. Le bruit de la rivière voisine qui coulait sur les rochers m'apaisait. Cette partie des terres était un mélange de collines et de plaines, une beauté austère. Un aigle vola au loin, son cri aigu et distinct.

Je pris une profonde inspiration d'air clair et frais, pensant qu'une douche me ferait beaucoup de bien là maintenant. En tant que pompier hotshot, j'avais l'habitude de passer de nombreux jours sans plus qu'un plongeon dans une rivière ou un lac, mais dès que je savais que nous rentrions bientôt, je m'impatientais. En ce moment, j'étais fatigué et impatient de voir Lucy, espérant qu'elle ne remettrait pas des murs entre nous.

———

Quelques heures plus tard, je regardais le paysage défiler sous moi. Fred était arrivé pendant une éclaircie. Les nuages s'épaississaient déjà à nouveau. Fred pensait que nous serions à Fairbanks avant que la visibilité ne soit trop faible, ce qui pour moi était un sacré soulagement. Entre vouloir faire examiner la cheville de Jesse et m'assurer qu'il allait bien et Lucy qui me manquait comme pas possible, j'étais prêt à rentrer à la maison.

Sortant mon téléphone portable, je jetai un coup d'œil à l'écran mort. Cette batterie avait perdu sa charge quelques jours plus tôt. Fred m'avait assuré qu'il avait déjà annoncé par radio que nous étions en sécurité. Je voulais parler à Lucy, mais ça n'arriverait pas. Pas tout de suite. Avec un soupir, je rangeai mon téléphone et me penchai en arrière sur mon siège, fermant les yeux.

« Pourquoi es-tu en colère contre ton téléphone ? » demanda Jesse depuis le siège d'à côté.

Ouvrant les yeux, je roulai la tête sur le côté et je captai son regard curieux.

« J'aimerais juste appeler mes parents et Lucy. »

Il avait l'air confus puis son regard s'éclaircit.

« Oh ouais, elle dort chez toi. On sera bientôt à Fairbanks. Tu pourras appeler là-bas. »

Je ne savais pas quel regard passait sur mon visage, mais il arqua un sourcil.

« Je pense que j'ai raté un épisode. Lucy est-elle plus qu'une amie ? »

Pendant un instant, je réfléchissais à ne rien dire. Putain. Je n'allais pas continuer à tout cacher.

« C'est peut-être plus qu'une amie, oui. Enfin, oui, c'est plus que ça, dis-je finalement. J'espère qu'elle le voit comme ça aussi. »

Jesse sourit lentement et gloussa.

« Lucy Caldwell, ça c'est une dure à cuire.

— Fais-moi confiance, je sais », répondis-je, mon esprit revenant à notre dernière conversation.

Je roulai la tête pour regarder par la fenêtre, regardant les arbres disparaître sous nos pieds et les montagnes près de Fairbanks apparaître. Notre hélicoptère atterrit peu après. En quelques minutes, nous étions bousculés dans la caserne. Je vérifiai d'abord que mon équipe allait bien, m'assurant que Jesse était pris en charge par l'équipe médicale, puis je trouvai Cade, sans même prendre la peine de dire bonjour quand j'arrivai à ses côtés.

« Je peux emprunter ton téléphone ? » demandai-je.

À son regard confus, j'expliquai :

« Le mien est tellement mort, je ne peux même pas passer d'appel pour le moment. »

Il gloussa et me tendit le sien.

« Laisse-moi deviner, tu appelles Lucy. Elle est chez mes parents avec Amelia. J'ai déjà appelé et j'ai fait savoir à tout le monde que tu allais bien. »

J'avais à peine absorbé ce qu'il avait dit que je tapais déjà le numéro de Lucy. Le téléphone sonna une fois et elle répondit immédiatement.

« Bonjour, dit-elle d'un ton saccadé.

— Salut bébé.

— Levi ? » demanda-t-elle, sa voix chantante, sortant précipitamment mon nom, presque frénétique.

Tellement heureuse qu'elle n'était pas énervée que je l'aie appelé bébé, je ris.

« Bien sûr, qui d'autre ce serait ?

— Bah, c'est pas ton numéro. Et pourquoi tu ris ? J'ai eu peur que tu sois mort.

— Hé, je pensais que tu savais que j'allais bien. Cade m'a dit qu'il avait appelé Amelia. »

Tout d'un coup, Lucy, la dure à cuire qui ne baissait presque jamais sa garde – fondit en larmes.

Elle pleura avec autant d'enthousiasme que la fois où elle m'avait dit d'aller me faire foutre une fois. Ses larmes me firent dérailler un instant dans un silence.

Je rassemblai mes pensées.

« Lucy, ça va ?

— Non ! Ça ne va pas, et tout est de ta faute, déclara-t-elle entre deux reniflements et des respirations désordonnées. Je t'aime, et... »

Ses mots s'arrêtèrent avec un autre sanglot fort.

« Lucy, Lucy », dis-je enfin.

Mon cœur allait éclater, et je n'arrivais pas à croire qu'elle avait dit ce que je pensais qu'elle avait dit.

« Quoi ? » demanda-t-elle en retour.

J'entendis un bruit étouffé puis elle se moucher, assez fort.

« Désolée, j'avais besoin de me moucher, expliqua-t-elle, son souffle se faisait par petits halètements.

— Est-ce que je t'ai bien entendue ? demandai-je après un moment de silence.

— Quelle partie ?

— La partie du je t'aime. Parce que je t'aime aussi, alors... »

Elle hoqueta puis fondit en larmes. À nouveau.

« Tu m'as bien entendue, je t'aime, réussit-elle à dire entre des houlements haletants et plus de reniflements. Je suis désolée d'avoir été bizarre. Je suis tellement contente que tu ailles bien. J'allais être vraiment en colère contre le monde sinon. »

Elle prit une inspiration tremblante, et je pouvais la sentir penser à travers le téléphone.

« J'ai parlé de trucs lourds la dernière fois qu'on a parlé. Si tu veux en parler...

— On n'a pas à parler de quoi que ce soit à moins que tu ne le veuilles. Je ne peux pas dire que je suis content que tu m'aies raccroché au nez, mais je suis content que tu m'aies tout dit. Concentrons-nous sur aujourd'hui pour le moment. On aura tout le temps de discuter plus tard. »

Elle resta silencieuse un instant avant que le son d'un doux soupir ne filtre à travers le téléphone.

« D'accord. Tu me manques. Quand seras-tu à la maison ? Je pense que Ham a envie de te voir aussi. »

Je ris, mon cœur si plein qu'il risquait d'éclater. J'étais sale, épuisé et à des centaines de kilomètres d'elle, mais j'étais heureux.

J'aurais aimé qu'elle soit ici avec moi.

« Quand seras-tu à la maison ? répéta-t-elle.

— Je ne sais pas encore », dis-je en riant.

En temps normal, je le saurais déjà. Je n'avais même pas pris la peine de vérifier si mon équipe devait retourner sur le site de l'incendie, ou si nous rentrions bientôt à la maison. Je jetai un coup d'œil à Cade qui se tenait toujours à proximité.

« Hé, tu sais déjà quand on rentre ? » demandai-je.

Cade secoua la tête. Je retournai à Lucy.

« Dès que je sais, je t'appelle, d'accord ? »

Quelqu'un appela mon nom et je jetai un coup d'œil par-dessus mon épaule pour voir le surintendant de l'une des autres équipes me faire signe.

« Je dois y aller, Lucy. Ça va aller ?

— Ouais ! Ça va aller. Je suis juste dépassée », dit-elle avec un reniflement.

Ça me déchira presque de l'entendre pleurer, et je détestais de ne pas être avec elle.

« Au cas où tu serais inquiet, j'ai pris grand soin de Ham », dit-elle avec un rire en reniflant.

J'avais besoin de ce rire, au moins pour savoir qu'elle allait bien. Je ris.

« Je n'étais pas inquiet. Tu le gâtes plus que moi avec les carottes. »

Ça la fit rire à nouveau.

« Bon. J'imagine que tu dois y aller. »

Je tenais fermement le téléphone parce que je ne voulais pas mettre fin à cet appel. Cade me donna un coup de coude.

« Oui. J'appellerai quand j'aurai notre horaire. »

Je m'arrêtai, me demandant si je devais prononcer les mots que je voulais prononcer. Ils m'échappèrent d'eux-mêmes.

« Tu me manques. »

Pendant un instant, je pensai qu'elle ne répondrait pas, mais elle répondit.

« Toi aussi. Appelle-moi. »

———

Trois longs jours plus tard, je montai dans ma voiture à la caserne, impatient de rentrer chez moi et de voir Lucy. Le monde n'avait pas répondu à mes souhaits. Je voulais rentrer chez moi le jour même de notre atterrissage à Fairbanks, mais ce n'était pas possible. Ils ont fait attendre notre équipe au cas où nous aurions besoin d'être renvoyés pour une autre rotation. Même si je savais que c'était logique compte tenu de la logistique du voyage, j'avais été de mauvaise humeur tout du long. La pluie avait été de mon côté et avait mis un frein au feu, coupant court à l'attente. Je ne savais même pas jusqu'à ce matin à quelle heure nous devions prendre l'avion.

Un court trajet en voiture plus tard, mon cœur se mit à tambouriner au moment où je vis le pickup de Lucy garé devant la maison. J'arrêtai ma voiture et montai les escaliers en courant en quelques secondes. Quand j'ouvris la porte, elle était penchée et regardait à l'intérieur du four. Ses fesses rondes m'accueillirent.

Ma bite se mit au garde-à-vous instantanément. Autant je la voulais nue et emmêlée avec moi, plus que ça je voulais la tenir contre moi et absorber la sensation de son corps contre le mien. Elle sursauta lorsque la porte se referma. Se retournant, ses yeux s'écarquillèrent et un sourire envahit ses lèvres. Ses cheveux étaient en queue de cheval lâche, et elle portait un tablier avec un orignal dessus.

Sa respiration s'accéléra lorsque je m'avançai vers elle, parcourant la distance entre la porte et l'endroit où elle se tenait en l'espace d'une seconde. Je m'arrêtai à quelques centimètres d'elle. Ses yeux bleu ciel étaient écarquillés, ses joues étaient rouges et ses lèvres, bordel, ses lèvres m'auraient mis à genoux.

Je n'attendis plus, baissant la tête et attrapant ses délicieuses lèvres avec les miennes. Je voulais que ce

soit un long bonjour. Notre baiser commença lentement, sa bouche s'ouvrit pour moi dans un soupir. Au
moment où sa langue s'emmêla avec la mienne, j'étais
foutu.

Je grognai, glissant ma paume le long de sa colonne
vertébrale, enroulant mon autre main dans ses cheveux
et prenant ses fesses en coupe pour la tirer fermement
contre moi. Je repoussai son tablier et baissai son
legging. Passant entre ses cuisses, je caressai sa fine
culotte en coton. Je pouvais sentir la chaleur humide
de son désir. Elle gémit et arracha ses lèvres des
miennes.

« Levi... haleta-t-elle.

— Hm. » Murmurai-je en faisant glisser ma langue
le long de son cou.

Nous faisant tourner, je fis un pas, la soulevant et
faisant glisser ses hanches sur le comptoir. Me
penchant en arrière, je croisai son regard.

« Tu m'as manqué. »

Elle soutint mon regard en un instant électrique.
Levant une main, elle traça mes lèvres.

« Tu m'as manqué aussi. »

Elle prit une profonde inspiration puis sourit
lentement.

« Maintenant, débarrassons-nous de ça », dit-elle en
tirant sur les boutons de mon jean et en remontant
mon t-shirt.

En quelques secondes, nous étions tous les deux
presque nus, et je la soulevais de nouveau sur le comptoir, jetant sa culotte.

Avec la sensation de sa paume s'enroulant autour
de ma bite et mon cœur battant fort et rapidement
contre mes côtes, la luxure battait en moi si fort que je
pouvais à peine penser.

Je me forçai à rester immobile. Mon désir pour

Lucy était si puissant que je pouvais à peine y résister. Sa force était semblable à celle d'une rivière, courant à travers les montagnes. C'est sa puissance brute et pure qui m'avait attiré vers elle dès le début. Pourtant, ce n'était pas tout ce qui me liait à elle. C'était notre connexion, la toile chatoyante d'intimité qui nous serrait de plus en plus étroitement chaque fois que j'étais proche d'elle.

Mon esprit revint à quand elle me repoussait encore, ses yeux bleu ciel brillant de désir et de colère à la fois alors qu'elle essayait de me tenir à distance. Quand elle lâchait prise, ce bleu s'assombrissait comme le ciel dans une tempête. De temps en temps, une vulnérabilité vacillait dans les profondeurs alors qu'elle baissait sa garde.

Alors qu'elle soutenait mon regard, sa respiration interrompue, je pouvais voir son pouls battre dans son cou, sa peau rougie par le besoin. Elle enroula ses jambes autour de moi, faisant glisser sa paume de haut en bas de ma bite. J'étais si dur, la pression était presque insupportable. Je tendis la main, écartant une mèche de cheveux de son visage et penchant la tête pour attraper à nouveau ses lèvres dans un baiser.

Ce n'est qu'alors que je passai de nouveau ma main entre ses cuisses, caressant ses plis lisses. Quand je me reculai, elle soupira mon nom, ses hanches se balançant avec impatience contre moi. Saisissant ma bite dans mon poing, je la tirai d'avant en arrière, l'enduisant de son jus.

Ses yeux s'assombrirent.

« Arrête de me taquiner », ordonna-t-elle, poussant ses hanches contre les miennes.

Avec obéissance, je suivis son ordre et m'enfonçai profondément en elle. Son tunnel crémeux m'accueillit, chaud et lisse. Je gémis, manquant de jouir

presque instantanément. Me forçant à rester immobile, je plongeai ma tête pour reprendre mon souffle
dans la courbe de son cou, respirant son parfum
musqué.

« Je t'aime », murmurai-je d'un ton bourru en rele-
vant la tête.

Ses yeux s'écarquillèrent et je sentis son pouls
monter d'un cran sous ma main posée le long de sa
clavicule.

Chapitre Trente-Et-Un

LUCY

Le bleu intense du regard de Levi me retint. Je ne pouvais pas détourner le regard alors que mon pouls hurlait, résonnant dans tout mon corps. Ses paroles me frappèrent au plus profond de mon être. L'espace d'un instant, l'anxiété prit le contrôle, une anxiété que je connaissais bien. Je parvins à respirer, soutenant son regard et me détendant. Il se tenait immobile, son sexe m'étirant. Connectés aussi profondément que nous pouvions l'être physiquement, nous avions l'impression de ne faire qu'un.

« Je t'aime aussi », dis-je enfin. J'avais peut-être déjà dit ces mots plus d'une fois, mais ils étaient encore frais.

Il répondit avec ses lèvres, attrapant les miennes dans un doux baiser. Il recula ses hanches puis s'enfonça profondément en moi, dans un étirement délicieux et écrasant. J'étais déjà si proche de l'orgasme, je m'accrochais à l'instant. Je ne voulais pas que ça se termine trop vite.

La vérité brutale était que je m'étais plutôt habituée à jouir avec lui. Ça faisait deux longues semaines que je l'attendais. Il m'avait énormément manqué, physiquement et émotionnellement. L'orage intérieur de mes émotions exacerbait chaque sensation. Mon corps était frénétique de besoin pur, brut et primitif.

L'intimité qui s'enroulait comme de la fumée dans la chaleur de notre désir nourrissait mon besoin. À chaque coup, le plaisir me parcourait, j'étais de plus en plus serrée jusqu'à ce qu'il passe le bras entre nous, pressant son pouce sur mon clitoris. Mon orgasme me frappa si fort que je criai son nom, le plaisir m'envoyant voler en éclats dans ses bras.

Je l'entendis de loin crier mon nom et la chaleur de sa libération m'emplissait alors qu'il se tendait. Dans un faible gémissement, il se détendit contre moi, sa tête tombant dans la courbe de mon cou, son souffle contre mon épaule. Je respirai son parfum, un parfum boisé, vif et masculin qui lui était naturel.

« Tes draps ne rivalisent pas avec la source. »

Je n'avais pas l'intention d'exprimer ces pensées à haute voix, mais les mots m'échappèrent. Il leva la tête, ses yeux croisant les miens.

« Mes draps ? »

Je rougis partout, mais j'étais détendue dans ses bras, son regard chaleureux et taquin dans le mien.

« Tes draps ne sentent pas aussi bon que toi », dis-je simplement.

Il gloussa puis me souleva, me tenant contre lui et toujours enfoui à l'intérieur de moi, alors qu'il nous emmenait à l'étage dans la douche.

Chapitre Trente-Deux

LUCY

Quelques semaines plus tard, je me tenais dans la cuisine de Levi et je jetais un coup d'œil à la table de la cuisine où il était assis avec Ham assis sur son épaule. Il le faisait souvent avec Ham, le nourrissant de petits morceaux de laitue et de carottes. Un sourire se dessina aux coins de ma bouche alors que je retenais l'envie de rire.

C'était vraiment ridicule. Levi, pompier hotshot, sexy comme tout, musclé comme un fou et trop beau pour être vrai, offrant soigneusement des collations à un petit hamster brun et blanc. En attrapant mon téléphone sur le comptoir, je pris rapidement une photo.

« J'envoie ça à Maisie », proposai-je avec un sourire.

Il rit.

« Pourquoi ?

— Pour qu'elle puisse l'envoyer à ton équipe. Tu as l'air ridicule, tu sais. »

Il haussa les épaules, sans aucune gêne.

« Ham aime manger comme ça.

— Je sais. »

Mon cœur était soudain plein. Agitée, je me

détournai, l'émotion me frappant en vagues. Ces petits épisodes, où je me sentais prise par un raz-de-marée d'émotions, arrivaient beaucoup ces derniers temps. Je ne savais pas trop quoi en faire.

J'arrivais à admettre que j'aimais Levi, mais je n'étais pas habituée à ce genre de choses. Toute ma vie, je m'étais débrouillée seule. Maintenant, j'étais toujours chez Levi, essayant toujours de trouver quoi faire ensuite.

Je parlai par-dessus mon épaule.

« Je pense avoir trouvé un appart à louer », dis-je.

Au moment où je parlai, mon cœur fit une drôle de petite chute. Soulagée qu'il y ait quelques plats dans l'évier, j'ouvris l'eau et commençai à faire la vaisselle.

Après un instant, il parla.

« Viens ici. »

Je coupai l'eau et séchai mes mains sur le torchon avant de me tourner vers Levi. Il souleva Ham de son épaule et le déposa avec précaution sur le sol. Il me fit signe avec sa main, ses yeux tenant les miens. Comme je n'aurais pas pu vouloir que mon corps ne réponde pas même si je le voulais, je traversais la pièce vers lui avant même d'y penser. Quand je l'atteignis, il prit le torchon de mes mains et le posa sur la table, me tirant entre ses genoux.

Son regard était sombre et attentif. En un éclair, l'air scintillait d'électricité et d'intimité qui existaient simplement entre nous. C'était une force indépendante, une force qui ne pouvait être ignorée.

Il mit un doigt dans l'un des passants de ma ceinture. Je portais un jean délavé et un t-shirt. Il leva son autre main et caressa mon front, le bout de son doigt le long de ma joue.

Son toucher était comme une flamme sur ma peau.

L'émotion monta à nouveau en moi, et il n'avait pas encore dit quoi que ce soit.

« Quoi ? » demandai-je, ma voix lourde.

Des larmes échappèrent au nœud d'émotion dans ma gorge, et je ne pouvais pas les chasser. Je sentis la chaleur d'une larme rouler sur ma joue et son pouce l'essuyer.

« Qu'est-ce qui ne va pas ? » demanda-t-il d'un ton bourru.

Je secouai vivement la tête.

« Je ne sais pas. Pourquoi tu me regardes comme ça ? »

Essuyant la prochaine larme qui tomba avec son pouce, son regard ne vacilla pas.

« Je peux comprendre pourquoi tu veux avoir ta propre maison, mais... »

Il s'arrêta, prenant une profonde inspiration.

« Tu es faite pour moi. Je serai patient s'il le faut, mais j'aimerais que tu restes ici. »

Je le fixai, mon cœur battant à tout rompre et le sentiment douloureux s'apaisant en moi. Sans un mot, je hochai la tête. Je pris une profonde inspiration, la tension accumulée à l'intérieur commençant à se relâcher. J'étais têtue, vraiment têtue, et je le savais. Je repensai à un commentaire qu'Amelia avait fait l'autre jour. J'avais dit quelque chose sur le fait que ça avait été facile pour elle de décider que Cade était le bon parce qu'il avait toujours été le bon pour elle, et qu'il n'y avait pas de choix à faire.

Elle m'avait regardé et avait secoué la tête.

« Il y a toujours un choix. Je pense que tu as oublié à quel point je peux être fière et têtue. J'ai dû oublier beaucoup de colère. Peu importe que ce soit rationnel ou non. C'est toujours plus facile d'être seule. Parce qu'on n'a pas besoin d'être vulnérable, on n'a pas à mettre notre propre cœur en jeu. »

J'avais retourné ses mots dans mon esprit comme une pierre d'inquiétude, encore et encore, les évaluant sous tous les angles. En fin de compte, elle avait raison, et je le savais.

Alors je regardai Levi, réalisant qu'il mettait son cœur en jeu pour moi, et que je ne faisais pas la même chose. Oh, je l'aimais et je le voulais. Pourtant, je m'accrochais à prendre mes décisions comme si j'étais seule, sans penser à nous.

Dans la foulée d'une autre profonde inspiration, je levai la main pour écarter une mèche de ses cheveux, ces cheveux sauvages et dorés que j'aimais tant.

« D'accord, je vais rester », dis-je doucement, mon cœur battant à tout rompre.

Son sourire était comme un rayon de soleil sortant derrière les nuages. Il laissa tomber sa main de ma joue. Avec son menton à peu près au niveau du mien, il inclina la tête et déposa un baiser dans mon cou.

« Oh, Dieu merci. Je ne voulais pas avoir à supplier », dit-il avec un petit rire.

ÉPILOGUE – LEVI

Un an plus tard

Lucy se tenait devant moi. Nous nous trouvions devant le Firehouse Café par une froide soirée de début d'automne. Nous venions d'arriver à une fête surprise organisée par Amelia, Susannah et Maisie. Toute cette préparation avait eu lieu dans le dos de Lucy.

Nous nous étions mariés la veille. Les cheveux blonds de Lucy étaient rassemblés en un chignon maladroit, le vent soufflant sauvagement dans ses boucles. Elle avait absolument, fermement refusé d'organiser un mariage, alors nous avions fait un mariage secret.

Enfin, je ne savais pas si c'était techniquement secret puisque nous l'avions dit à tout le monde. J'aimais tellement Lucy que je me demandais encore comment j'avais pu vivre sans elle. Mais essayer d'arriver jusqu'au mariage n'avait pas été facile. Elle avait traîné les pieds à chaque pas. Elle ne voulait pas de cérémonie et refusait de porter une robe de mariée. La seule chose pour laquelle elle était vraiment d'accord était le fait de se marier. Dieu merci.

Avec l'aide d'amis, j'avais réussi à la faire venir ici. Cade avait fait le sale boulot en échangeant la batterie de son pickup contre une batterie morte pendant qu'elle et Amelia travaillaient aujourd'hui. En orchestrant le plan, Amelia avait commodément quitté le travail plus tôt, alors Lucy était restée coincée sur le chantier et avait dû m'appeler pour venir la chercher.

Nous avions déjà prévu de retrouver Amelia et Cade pour un dîner à Wildlands. J'avais prétendu que je devais m'arrêter et récupérer quelque chose de Janet au café. Nous avions atteint la porte, et c'est à ce moment-là que Lucy avait réalisé que c'était écrit *Fermé*.

Elle jeta un coup d'œil par la fenêtre avant de se retourner pour me faire face.

« Pourquoi est-ce que c'est fermé et qu'il n'y a que nos amis ? Et tes parents ? Et ma mère ? demanda-t-elle, les mains sur les hanches alors qu'elle me fixait.

— Amelia voulait faire une fête puisque tu ne voulais pas organiser de mariage, répondis-je en lui tendant la main et en la faisant tourner vers moi. Alors, c'est la fête. »

Elle me fixa un instant puis secoua la tête, les joues rouges. Elle se détendit contre moi, enfouissant son visage dans ma poitrine.

« Pourquoi est-ce que tout le monde veut en faire tout un truc ? Je déteste quand les gens s'occupent de moi », marmonna-t-elle dans ma poitrine.

Je passai une main dans ses cheveux, glissant une mèche derrière son oreille et prenant son menton entre mes doigts. En l'amenant vers le haut, je la regardai.

« Parce que les gens t'aiment. On mange tout le temps avec des amis et la famille. C'est rien de plus. »

Ses dents s'accrochèrent à sa lèvre inférieure alors

qu'elle me regardait. Sur les talons d'un soupir, elle murmura :

« Bien. Allons-y. »

———

Quelques heures plus tard, après que fut servi beaucoup de nourriture et probablement un peu trop d'alcool, Lucy était assise sur mes genoux à l'une des tables. Nous venions de perdre au poker contre Maisie. Elle était incroyablement bonne au poker, ça arrivait donc souvent.

Lucy balança ses jambes, un de ses talons heurtant mon mollet, et me regarda. Ses joues étaient rouges et ses yeux brillants. Elle était tellement belle que j'en perdis mon souffle un instant.

« On perd toujours. Pourquoi est-ce qu'on joue encore ? » me demanda-t-elle en passant ses doigts paresseusement le long de mon avant-bras.

Je n'étais pas encore tout à fait habitué à la facilité avec laquelle elle m'affectait. Le léger contact de ses doigts sur mon bras – mon bras bon sang – et j'étais à moitié distrait. Je forçai mon attention sur sa question.

« Parce que c'est amusant », répondis-je avec un petit rire, attrapant sa main dans la mienne.

Elle rit et jeta un coup d'œil à Maisie.

« Un jour, je te battrai. »

À ce moment, la mère de Lucy s'arrêta près de la table. Lucy la regarda.

« Tu pars ?

— Oh oui. Tu me connais, j'aime me coucher tôt », répondit Jody.

Lucy glissa de mes genoux et serra sa mère dans ses bras. Elles avaient développé une relation plus détendue au cours de la dernière année.

Après que Lucy eut pris sa mère dans ses bras, elle se glissa sur mes genoux et jeta un coup d'œil à Maisie, reprenant là où elle s'était arrêtée.

« Heureusement qu'on ne joue pas pour de l'argent. À ce stade, tu aurais une partie de la maison. »

Maisie rit, tandis que Beck lança un sourire et passa ses doigts dans ses boucles, lâches sur ses épaules. C'était plus que sympa – le sentiment de se détendre avec Lucy et nos amis.

Cade dit quelque chose, mais je ne faisais pas attention. J'étais distrait par l'odeur musquée de Lucy et je saupoudrais des baisers le long de son cou. Le goût de sa peau m'excitait beaucoup trop.

« Levi ? » demanda Cade, juste assez fort pour me rappeler que nous étions en public.

Je jetai un coup d'œil dans sa direction.

« Oh, tu me parlais ? »

Il leva les yeux au ciel.

« Oui.

— Besoin de quelque chose ? demandai-je.

— Je demandais si tu voulais récupérer ta bonne batterie. »

Le poing de Lucy frappa mon épaule.

« Je savais que quelque chose clochait avec ma batterie ! Je l'ai remplacée il y a quelques mois.

— Hé, ce n'était pas mon plan. C'était l'idée d'Amelia.

— Absolument. Je savais que si Levi ne conduisait pas, tu ne passerais jamais ici. Je n'ai pas honte », dit fermement Amelia.

Lucy jeta une serviette en boule vers Amelia, ses yeux croisant à nouveau les miens.

« Ce n'était pas si mal, non ? » demandai-je.

Elle soutint mon regard, et l'espace d'un éclair, tout le reste s'effondra. On aurait tout aussi bien pu être seuls. L'air bourdonnait autour de nous alors qu'elle secouait lentement la tête.

« Non, ce n'était pas mal du tout. »

Elle baissa la tête, déposant un baiser à la base de mon cou.

« Tout ça vaut le coup parce que je t'aime », dit-elle.

Puis je l'embrassai, nos langues s'enlaçant. J'oubliai où nous étions complètement jusqu'à ce que les voix autour de nous rompent ma rêverie.

Je reculai, en me disant qu'il fallait qu'on parte aussi vite que possible. J'avais besoin de sa peau nue contre la mienne.

« Je n'arrive pas à croire que tu te sois moqué de moi parce que j'étais accro ! » dit Cade.

Je lui jetai un regard et haussai les épaules nonchalamment. Je n'en avais plus rien à faire de qui était au courant du fait que je ferais n'importe quoi pour Lucy.

Lucy dit quelque chose à Amelia puis s'installa à nouveau sur moi. Son regard croisa le mien, le bleu de ses yeux me coupant le souffle.

« On y va ? demanda-t-elle.

— Allez. »

Je la rapprochai, attrapant ses lèvres dans un baiser. Je me levai en la portant dans mes bras pour l'emmener dehors, dans une nuit d'été illuminée par un ciel étoilé, un ciel rosi parsemé de diamants.

À suivre : l'histoire de Susannah et Ward dans *Un Échec Cuisant*. Une romance de seconde chance épique entre deux personnes qui ne cherchaient pas l'amour. "Oh ciel, ce livre était tellement bon qu'il n'y a pas assez d'étoiles pour le noter. On se contentera de cinq. Super lecture." Ne manquez pas l'histoire de Ward !

Pré-commande en 1-click: **Un Échec Cuisant**

À PROPOS DE L'AUTEUR

J.H. Croix est une auteur sur la liste des meilleures ventes USA Today, elle vit dans le Maine avec son mari et leurs deux chiens gâtés. Croix écrit des romances contemporaines à couper le souffle avec des femmes fortes et des hommes alphas qui n'ont pas peur de montrer leurs émotions. Son amour des petites villes et des personnages qui y vivent habite sa prose. Baladez-vous dans les folles romances de ses bestsellers!

jhcroixauthor.com
jhcroix@jhcroix.com